英雄伝説
碧の軌跡
ショートストーリーズ

◉田沢大典
Illustrator
◉がおう（Ga-show）

登場人物

エリィ・マクダエル

特務支援課メンバーのひとり。祖父がクロスベル市長を務めたということもあり、強大国のエレボニア帝国とカルバード共和国の間に挟まれたクロスベル自治州の現実を見せられてきた。その現状を変えたいと思い、新しい視点を求めるため、クロスベル警察入りを果たす。政治や国際情勢の知識をもってロイドをサポートする。

ロイド・バニングス

『英雄伝説 零／碧の軌跡』の主人公。最年少で捜査官資格を手にしたクロスベル警察の新人捜査官。警察内で新設された組織「特務支援課」で、エリィ、ティオ、ランディとともに数々の壁に立ち向かっていくこととなる。鋭い捜査能力と何事にも挫けぬ心、そして人を惹きつける魅力を持ち合わせた天性のリーダー気質。

ランディ・オルランド

特務支援課メンバーのひとり。クロスベル警備隊を辞め、支援課へとやってきた。メンバーの中では最年長で、夜遊び好きの軽妙なところはあるものの、いざという時には頼りになる兄貴分的な存在。自身の過去を語ることは少ないが、実は大陸最強の猟兵団《赤い星座》団長の息子で、稼業の中で悲劇を起こし、逃げるようにクロスベルへと流れてきた。

ティオ・プラトー

特務支援課メンバーのひとり。国際的な技術組織「エプスタイン財団」で導力杖ならびに《エイオンシステム》の開発に携わっており、出向という形でクロスベル警察へとやってきた。かつて狂信的な教団の実験台となり半死半生の状態だったところをロイドの兄・ガイに助けられた過去を持つ。実験の代償として人並みはずれた感応力を持っている。

ロバーツ

ティオとヨナの上司で財団の導力ネットワーク部門を統括している。気弱でオドオドした性格ながらもおせっかいを焼くのが好きで、ティオやヨナに親心を働かせては鬱陶しがられて凹むのが日常となっている。

マリアベル・クロイス

世界一の大銀行「クロスベル国際銀行」を中心とするIBCグループのトップ・ディーターの一人娘。エリィにただならぬ愛情を抱いており、ことあるごとにロイドを敵視している。一族に古くから受け継がれてきた錬金術を若くして修めた天才魔導師でもある。

ディーター・クロイス

一代で世界一の資産を持つIBCグループを作り上げた稀代の起業家。徹底したリアリストのマリアベルとは違い、己の考える「正義」という概念に絶対の自信を持つなど、やや夢想家な一面を持っている。エリィの祖父・ヘンリーの後を継ぎクロスベル市長となった。

ドレイク

クロスベル市の歓楽街で人気のカジノハウス《バルカ》のオーナー。職業柄、裏稼業の世界にも精通しており、ランディの良き相談相手にもなっている。

ガイ・バニングス

クロスベル警察で捜査官をしていたロイドの兄。幼い頃に両親が他界したバニングス家をひとりで支えていた。事件に対する嗅覚と情熱はロイド以上に人並みはずれており、ロイドの憧れの存在であった。ある事件の捜査の中、謎の殉職を遂げる。

アリオス・マクレイン

現在はA級遊撃士《風の剣聖》として大陸中に知られる《八葉一刀流》の使い手。かつてはクロスベル警察でガイとコンビを組み、特務支援課の生みの親・セルゲイのもとで、数々の事件を解決に導いていた。シズクというひとり娘がいる。

ウェンディ

ロイドの幼馴染。幼い頃から機械いじりが好きで、その結果、技術屋となる。男勝りの性格もあってか、ロイド、オスカーとは良き友人関係を今も築いている。

オスカー

ロイドの幼馴染。顔立ちはハンサムで細かいことに頓着しない性格からか、ロイド曰く「子どもの頃からモテていた」らしい。現在は市内のベーカリーカフェ「モルジュ」で働いている。

ヨナ・セイクリッド

「エプスタイン財団」でエンジニアをしているティオの同僚。趣味はハッキングとなかなかの問題児だが、その実力は本物。一度は堅苦しい財団から出奔し、フリーの情報屋として暮らしていた。ジャンクフードが大好物。

目次

ロイドの章……5
ティオの章……59
エリィの章……105
ランディの章……163

ロイドの章

その日、彼女が《それ》を拾ったのは、まったくの偶然だった。

クロスベル警察に特務支援課が作られ、そこにロイドたちが配属される時より、数年前。

クロスベルも今ほど隆盛ではなく、しかしそのバブルとも言える繁栄の萌芽が芽吹きはじめた頃である。

街にはようやく導力車が少しは行き交うようにはなったが、大変高価で、庶民には決して手の出るものではなかった。今は乱立している高層建築も、当時は少ないものである。とはいえ、二、三のビルが、人々の衆目を集めていた。

大通りですらその状況なので、市街地に入ってしまえば、今のクロスベルとほとんど変わらない、生活感あふれた街並が広がっている。

そんな住宅街の少し開けた広場で、彼女は《それ》を拾った。もっと正確に言うと、奪った。

「んんんんん……？」

大きくてくりくりした目をまん丸に見開いて、《それ》を見つめているのは、十二、三歳ぐらいの少女だった。

服はデニム地のオーバーオール。たくさんポケットが付いていて、汚れても平気で、しかも楽。彼女にとって洋服とはオシャレに着飾るものではなく、用を為せばそれでよい、というものだった。そのオーバーオールの中には、着古したTシャツ。首元が少しくたびれている。

やや短めの茶色の髪は後ろで縛られていて、キャップを前後逆にしてかぶっている。パッと見は、少女というより少年に見えなくもない。

彼女の横では、《それ》を取られたらしい猫が、抗議の声をあげていた。

とはいえ、彼女の耳にはまったく届いていない。彼女は興味のあるものを見つけると、周りのことがまったく気にならなくなってしまうのだ。

たとえ、友だちふたりに大声で話しかけられたとしても、である。

「ウェンディ、ウェンディ！」

「おーい、もしもーし」

声をかけていたひとり、背が少しだけ低い方の男の子に肩を揺さぶられ、ウェンディと呼ばれた少女はようやくその存在に気がついたようだった。

「あら、ロイドにオスカー。いたの？」

「さっきからずっと呼んでたんだけど？」

そう言って、ロイドと呼ばれた少年はむくれる。

茶色の髪に、男としては少し長めの襟足。髪型こそ十八歳の頃と変わらないが、その顔つきはまだ幼く、少年の面影を多分に残している。

服装はTシャツの上にシャツを羽織り、下はカーゴパンツ。動きやすい服装でまとめている。

「ウェンディは夢中になるといっつもだからなぁ～」

そう言って、オスカーと呼ばれた少年がヘラヘラと笑う。

背はロイドより少し高い。紫色がかった髪に、整った顔立ち。美形、というほどのインパクトはないが、年の割には大人びた雰囲気を持った少年である。

カットソーにチノパンという、やや落ち着いた服装も、大人びた雰囲気を醸し出すのに一役買っていた。

とはいえ、今のように笑うと年相応の少年のあどけなさを見せる。

「で、何をやってたの？」

「ずいぶんと熱心に見てたけど……」

ふたりの問いかけに、ウェンディは勢いよく手のひらを差しだした。

「これよ！」

「これは……」

それは、細長い筒状の形をしていた。長さはウェンディのような子供の手から少しはみ出るぐらい。先端がとがっている。材質は鉛だろうか、金属でできていた。もし鉛色をしていなければ、使い込んで短くなった鉛筆のようにも見えた。

「何？」

　オスカーの問いに、ウェンディは首をひねる。

「わっかんない」

　そう言ってから、ウェンディは首を振った。

「いや、『思い出せない』というべきかしら。なんか見覚えはあるんだけど……」

　それだけ言って、うーん、とうなってしまう。こうなると、ウェンディは何がなんでも思い出そうとして、延々つきあわされることを、ロイドとオスカーは短くないつきあいの中で知っていた。

「どこで見たんだっけかな……おじいちゃんの工房……いや、違うな……本？」

　案の定、ウェンディは思考の迷宮に入り込みかけていた。

　こういう時は、先手必勝。話題をそらすに限る。これもまた、ロイドとオスカーがつきあいの中で学習したことだった。

「ところでさ、ウェンディ！　これ、直してくれよ」

　オスカーが手にしていたものを差し出す。それは、ピストル型のおもちゃだった。ロイドたちの間で流行っていたのだが、これにウェンディが改造をして、輪ゴムを飛ばせるようにしたのだ。空想の弾を撃って遊んでいた彼らにとって、それは革命的なことだった。が、これは日曜学校のシスターの怒りを大いにかってしまい、ほとんどの子どもたちが強制的に廃棄させられていた。

オスカーが持っているのは、その『ピストル狩り』を逃げ延びた数少ない生き残りである。オスカーとロイドはこれで射的をし、ポイントを競いあうのが最近のお気に入りの遊びだった。

「まーた壊したの？」

「壊したんじゃないよ。壊れたんだ」

「同じことよ。どうせ、当たらないからってあちこちいじくって壊したんでしょ」

図星なのか、オスカーがばつが悪そうに黙りこくる。

「まあまあ。とにかく、ウェンディにしか直せないから、頼むよ」

ロイドが取りなす。この三人の関係性は、ウェンディがつっぱしり、オスカーが笑ってそれを見、ロイドがだいたい後片付けをする、というものだった。

ウェンディにしか直せない、というところに技術者マインドをくすぐられたらしい。ウェンディは少し機嫌を直したのか、オスカーの持っていたピストルを手にした。

「まったく、しょうがないんだから……」

ウェンディは手にしたピストルを凝視した。あまりに凝視しすぎてより目になってしまうほどだ。

いったい何があるのか、思わずロイドとオスカーも身を乗り出して、ピストルを見つめる。

「これだー！」

いきなりの叫び声に、ロイドとオスカーはひっくり返った。そして奇声をあげ続けるウェンディ。その様子を猫だけが眠たそうに見ていた。

†

ウェンディの実家は、工房である。

クオーツの扱いはもちろん、その他メカ部分のメンテナンスも行える、評判の技師がウェンディの祖父だ。

その祖父の工房には、山ほどのパーツ、何に使うのかわからないがらくた、クオーツ、設計図と膨大なメモ、そしてゴミとも部品ともつかない何か、が渾然一体となって存在していた。一度オスカーが『がらくたの宇宙』という詩的な表現をしたことがあったが、ウェンディはその表現がお気に召さないようだった。

ウェンディは、幼い頃からこの工房を遊び場としてきた。技術者として気むずかしく頑固と評判だったウェンディの祖父も、孫娘はかわいかったらしく、彼女がこの工房で遊び回ってもほとんど文句のひとつも言わなかった。

やがてウェンディは祖父の見よう見まねで工具をいじりだし、父親のフェイからもらった鉄道の導力オモチャを分解・改造するなどして、いつの間にか機械に関して一通りの知識を身につけるにいたった、というわけだ。

そんな祖父の工房に、ロイドたち三人はいた。ウェンディは散らかった机の上に無理矢理スペースを作り、大きくて分厚い本を広げていた。工房には、機械に関する書物も山と積まれており、壁の二面ほどを本棚が占拠していた。もっとも、その本棚の前にもよくわからないがらくたやパーツ、さらには買い足した本などが積み重なっており、目当ての本を探すまでロイドとオスカーはひと仕事をしなくてはいけなかったが。

ウェンディが読んでいたのは、かなり年代物の本で、大量の挿絵が描かれている、いわば図鑑のようなものだった。そこに描かれている機械も、ロイドやオスカーには見慣れないものばかりである。ウェンディはその挿絵ひとつひとつと、あの短い鉛筆のような謎の金属を、熱心に見比べていた。ロイドとオスカーはというと、ウェンディの邪魔をしないように本を横目で見つつ、作業を見守っている。

「……違う……これは……うーん……」

ペラリ、というページをめくる音と、ウェンディの小さな独り言しかしない工房で、ロイドは昔のことを思い出していた。この工房にはじめて足を踏み入れたのは、自分がもっと幼い頃だった。その頃まだウェンディとは友だちではなく、それどころか大げんかをしたのだ。その時にいろいろとあって、ロイドとオスカーとウェンディの三人は、お互いの大切なものを見せ合う、という儀式を経て友だちになった。ウェンディが見せたのが、この工房だったのである。ウェンディの祖父、つまりおじいさんは、近所でも評判のこわいおじいさんであり、ロイドとオスカーはここに入ることをずいぶんとためらったことを覚えていた。

そういえばあの時は……とロイドが記憶を呼び起こそうとしたその時。

「見つけた！」

ウェンディの弾けるような声に、ロイドとオスカーが顔を上げる。ふたりが覗き込むと、ウェンディは本のページにある挿絵を指差した。

そこには、ウェンディが手にしている謎の金属と同じイラストが描かれていた。

「これよこれ！　前におじいちゃんに、これが何かって聞いたことがあったから覚えてて！」

ウェンディは、ずっと気になっていたことが分かってスッキリしたのか、とても晴れやかな表情だ。しかし、ロイドはそこに書かれている文字の方を追いかけて、怪訝そうな顔をした。

「銃弾……？」

「銃弾ってわりには、ずいぶん不格好だよなぁ」

オスカーの言葉に、ロイドもうなずく。ロイドの兄は捜査官で、当然本物の導力銃も持っている。その弾を見せてもらったことがあるが、もっと短いし、なにより短い鉛筆のような形はしていなかった。

そのことをロイドが尋ねると、ウェンディは本のある部分を指差した。

「これは銃弾でも、火薬式のものなのよ」

「火薬……？　それって、花火とかで使う、あれか？」

ウェンディがうなずく。

「銃といえば導力式が普通だけど、ごく一部で火薬式も使われているの。というか、実は火薬式の方が古いのよね」

「古い……ひょっとして、導力革命より前の話？」

ロイドは日曜学校で習った歴史の授業を思い出しながら尋ねた。その言葉に、ウェンディがうなずく。

「そうそう。火薬式って威力はすごいらしいんだけど、メンテナンスが大変だし、使い勝手も導力式と比べて悪いから、使うのはよっぽどの酔狂な人間だって、おじいちゃんは言ってた」

そこで言葉をいったん区切り、眉をひそめて言った。

「……あとは、猟兵団《イェーガー》ぐらいだって」

猟兵団という単語を聞いて、ロイドとオスカーはギョッとした顔をする。猟兵団とは、荒事を専門とする傭兵集団のことだ。その名は畏怖と侮蔑の対象である。クロスベルという街は国際貿易都市なので、猟兵団が流れて来てトラブルを起こすことも、極まれにだがあった。なので、他の街の子どもたちに比べ、より実感を持って恐ろしさを感じていた。

ロイドは、ウェンディの持っている銃弾を見つめる。もしこれが、猟兵団が関連することに繋がるものだったとしたら。そう考えると、背筋がスッと寒くなる。しかし、それと同時に、抑えきれない好奇心を感じていることもまた、事実だった。

オスカーもまた同じようなことを考えているらしく、わずかの恐れと、あふれんばかりの好奇心の目を、銃弾に向けていた。

「じゃあその中には、火薬が詰まってるのか？　バーン！　っていきなり爆発しちまうとか？」

オスカーの問いかけに、ウェンディはあきれた様子で答える。

「そんな簡単に爆発したら、扱いにくくてしょうが無いでしょ。よっぽど強い衝撃を与えない限り大丈夫よ。……って、本には書いてある」

自信満々に答えていたが、最後は少し自信なさげだ。あくまで知識として知っているだけ、という点では、ウェンディの言葉も心許ない。

「うーん……でもこれ、なんかおかしいのよね」

おかしい？　というロイドの問いかけに、ウェンディがうなずく。

「よく見て。おじいちゃんの本に載ってるこの銃弾と、形が違うのよ。ほら、先っぽがちょっと丸くなってるでしょう？」

ウェンディの言うとおり、本に載っているものと違い、ウェンディが拾った銃弾は、先が少し丸くなっていた。

「おじいちゃんの本、すっごく古いから……もしかしたらその後に作られたものかもしれないわね」

そう言って、ウェンディはポケットに銃弾をしまった。

「それじゃ、行きましょう」

「行くって、どこへ？」

オスカーの問いかけに、ウェンディはあきれた様子で答える。

「図書館に決まってるでしょう？　もっとくわしく、この銃弾のこと、調べないと！」

クロスベル市立図書館。クロスベル自治州の中でも、最大の規模を誇る図書館である。重厚な作りの建物の中には、国内外問わず蔵書であふれていた。国際貿易都市らしく、クロスベル以外で書かれた書物も数多く所蔵されている。このあたりでは珍しい東方の文献なども豊富で、研究者にとっては垂涎の的でもあった。

そんな図書館に、ロイドたちはやってきていた。もちろん、例の銃弾を調べるためである。遊びたい盛りのロイドたちにとって、図書館などは退屈な場所であり、普段はあまり来ることもない。なので、見るものすべてが新鮮で、ロイドとオスカーはまるで観光客のようにあちこち見回していた。

「ちょっと、何してるのよ。こっちこっち」

そんな中、ウェンディひとりが勝手知ってるといった風に歩いて行く。どうやら、ここにはそれなりに来たことがあるようだった。

木製の大きな長机の一角を占拠し、ウェンディが荷物をどっかと置く。そしてそのまま、大人の背丈よりもさらに高い本棚へと向かった。ロイドとオスカーもそれにならって、あわてていく。ウェンディは流れるような動作で、次々と本を指差した。

「あれと、あれ。あと、あの上にある、赤い背表紙の本。あれもね」

指差す本を順番に見ていたロイドとオスカーに向かって、ウェンディが怒る。

「あのねぇ、ボーッと見ててどうすんのよ。取ってきて」

ふたりはそこでようやく、自分たちが小間使いとして呼ばれたことを認識したのだった。


ウェンディの指示に従い、脚立なども使って本をかき集めると、その冊数は十冊ほどになった。それを三人で手分けして、一冊ずつ当たっていく。例の弾丸と同じものを探すためだ。

だが、その試みはあっという間に失敗に終わった。そもそも火薬式の銃という珍しいものを扱う本自体が少なく、さらに『導力銃を解説した本が、巻末で少しだけ火薬式の銃も扱う』といった体のものがほとんどだったからだ。

ウェンディとオスカーはすでに自分の担当分を読み終わり、最後まで本を丹念に調べていたロイドも、本を閉じ、首を振った。三人は一斉にため息をつく。

「なんでないかなぁ……うーん、もっと技術書がいっぱいある図書館とかないかなぁ」

「ここにないのにー？」

ウェンディのつぶやきに、オスカーがだるそうに返事をする。クロスベル最大規模の図書館にないとすれば、ある見込みがありそうなのは、ツァイスの中央工房にある職人向けの資料室ぐらいだろう。もちろん、そこに行くためのお金も、資料室に入る肩書きも、ウェンディは持っていなかった。

うなだれているロイドたちを、本を抱えて歩く司書が怪訝そうな表情で見ている。ここは子どもの遊び場じゃないぞ、と顔に書いてあるようだった。微妙な居心地の悪さを感じながら、ロイドが声を抑えて話しだす。

「なぁ、これってさ……」

「偽物、なのかしらね」

ウェンディが間髪入れず答える。そして、机の上にある銃弾をボーッとながめた。

「マニアが職人に作らせた模倣品……ってところかしら。面白いものだとは思うけど、マニアにしか価値がないものよね」

すると、それまでだるそうにしていたオスカーが、顔をむくりとあげて言った。

「いや、これ多分本物だよ」

オスカーの言葉に、ウェンディが鼻で笑う。

「なんでオスカーに分かるのよ」

「だってさ、見た感じ本物じゃん」

　オスカーの当を得ない言葉に、ウェンディがイラっとした表情を向ける。

「それってただのカンじゃない」

　ウェンディの多少険をはらんだ言葉にも動じることなく、オスカーはいつもの調子で続けた。

「んー、でも俺はそう思うけどなぁ」

　バカらしい、とひと言で切って捨てるウェンディ。しかし、それまで黙っていたロイドが意外なことを口にした。

「いや……オスカーの言うこと、あってるんじゃないかな」

　ロイドの言葉に反論しようとしたウェンディだが、口をつぐんだ。この少し気弱だが思慮深い友人が言うことは、たいがい論理的な思考から導き出されたもので、間違っていることはほとんどなかったからだ。

　だから、反論の代わりにウェンディは尋ねた。

「どうしてそう思うの？」

「なぁウェンディ、もし君が火薬式の銃のマニアだったとしたら、この弾を欲しいと思うか？」

「あたしはマニアじゃないから分からないわ」

「いいから」

粘り強くウェンディに問いかけるロイド。その言葉に押されて、ウェンディは自分がマニアだと思い込むことにした。

「うーん……欲しいような、欲しくないような……」

「どうして？　大好きな銃の銃弾なんだよ？」

「だって、本物じゃないから。これは今ある銃弾とは違う偽物だから……あ！」

そこまで言って、ウェンディは何かに気づいたようだった。思わず大きな声が出てしまい、まわりの人から静かにしろ、という厳しい視線が飛んでくる。

それに三人で頭を下げながら応え、ぐぐっとイスを近づけてひそひそと話し出した。口火を切ったのはオスカーだった。

「なになに、ふたりしてどうしたの？」

「偽物は欲しくないんだよ。マニアならなおさら」

「そうよ、どうせ模造品を作るなら、本物そっくりに作るわ。少なくとも、私ならそうする」

ウェンディはかつて祖父の真似をし、時計を作ったことがある。不格好ながらも、祖父の作った時計にそっくりにさせようと、苦心したことを思い出した。

「そう。だから、マニアのための模造品っていうのは、違うと思うんだ」

でも、とウェンディは反論を試みる。

「どうしてどの本にも載ってないの？」

ムキになっているのではなく、本当に分からなかったからだ。と、ロイドは少しうつむいて、ぽつりと言った。

「まだ世に出まわっていない……あるいは、本当は出まわってはいけないもの、なのかも」

「それって……」

ウェンディが言葉を続けようとして、思わずだまりこくる。

試作品、あるいは新製品。クロスベルはあらゆる物が行き交う街である。研究途中や試作品の機械などが運ばれてきても、おかしくはない。

ただ、これは銃弾である。本来ならばおおっぴらにはやりとりできないはずのもので、しかもそれが試作品ならなおさらだ。そこには、なんらかの犯罪組織か、猟兵団が絡んでいる可能性が高い。

ふたりのシリアスな空気を察し、普段はのほほんとしているオスカーも真面目な表情だ。

「……とりあえず、外に出よう」

ロイドの言葉に促され、ウェンディとオスカーは本を片付けるために立ち上がった。

図書館を出ると、太陽がだいぶ傾いていた。影が長くなり、クロスベルの街並が夕焼けに

よってうっすらと赤く照らされている。もう一時間もしないうちに、夜がやってくるはずだ。

そんな中を、ロイド達は言葉少なげに歩いていた。銃弾の正体はなんとなく分かったが、これをどうするかは、まだ決めかねていた。

ふと、ウェンディが立ち止まる。

「……これさ、いっつもいる猫がくわえてたんだよね」

「ミーが？」

「シナモンが？」

ロイドとオスカーが同時に言う。ふたりは顔をあわせ、きょとんとした。

「あの猫、ミーって言うんじゃないの？」

「シナモンだよ。少なくとも、パン屋のおやじさんはそう呼んでたよ」

「おかしいな、うちの隣のおばさんは、ミー、ミーおいでーってエサをあげてたけど」

「あのねぇ、どっちでもいいでしょそんなの」

ロイドとオスカーの会話を断ち切るようにウェンディが大声を出す。

「とにかく！　これの出所、調べてみない？」

「それは……危ないんじゃないかな」

ロイドは真面目な表情で答える。他のものならまだしも、銃弾という物騒なものの出所を興味本位で探していいものか、正直判断がつきかねた。

「……俺は、警察に持っていった方がいいと思う」

ロイドの言葉に、ウェンディがあきれた顔を向けた。

「警察ぅ？　そんなのダメよ。あいつら、なーんにもできっこないんだから」

なにもウェンディが特別警察が嫌いなわけではない。この街での警察の信頼度は、多かれ少なかれこんなものだった。汚職・ワイロ・職務怠慢。クロスベル警察といえば、頼りにならないもの、使えないものの代名詞のように言われている。それはまさに、ウェンディのような子どもでも知っていることだった。

「私たちがこれを持っていったってとりあわないわよ、どーせ。それか、自分が見つけましたー！　って勝手に手柄にしちゃうんだわ」

ウェンディの言葉にはトゲがあったが、言っていることがあながち間違いではなかった。この街の警察は、面倒事は請け負わず、手柄だけは欲するのだ。

「じゃあさ、遊撃士協会は？」

オスカーが言う。この街では、困ったこと、面倒事が起きたら遊撃士協会に言え、と言われるほど、あてにされている存在だ。

「うーん……確かにギルドならとりあってくれるかもしれないけど。でも、結局私たちにはなーんにも教えてくれずに終わっちゃうと思うわよ。せいぜいもらえてあめ玉ぐらいじゃないかな?」

もしこの銃弾が危ないものであれ、危なくないものであれ、遊撃士協会は詳しい事情を話してくれることはないだろう。遊撃士協会はその性質上、秘密主義的なところも少なくない。仮にこの銃弾が犯罪組織のものだとして、有効な手札だと分かった時点で、銃弾のことは秘密にしてしまうだろう。それでは、ウェンディの知的好奇心は満たせないのだった。

「うーん、ギルドもダメ、警察もダメかぁ。あ、でも、ロイドのお兄さんなら大丈夫じゃないかなぁ」

オスカーに言われ、ウェンディはうーんと唸る。ロイドの兄、ガイはクロスベル警察の捜査官だ。

「兄貴は……」

ロイドは思わず口をつぐむ。ガイの所属するチームは激務で有名らしく、深夜に帰宅することもしょっちゅうだった。ロイドはよく、ソファーで着の身着のままで寝ている兄の姿を見ていた。ベッドに倒れ込む余裕すらないほど働き通しなのだ。

「兄貴は……忙しいから」

そう言ってロイドはその案を却下したが、本心は別のところにあった。それは、セシルのことである。

ガイとロイドの共通の知り合いで、ガイより少し年下のセシルに、ロイドは密かな恋心を抱きつつあった。ただ、ロイド自身はそのことにまだ気づいてはいなかったが、ガイとセシルがふたりで笑いあっているのを見たりすると、なにやら不思議な対抗心が燃えてきて、その気持ちに戸惑う、といった風だった。

もし、自分がこの銃弾に関する秘密を見つけ出し、ガイも舌を巻くような活躍をしたら。そうしたら、セシル姉は自分のことを認めてくれるだろうか。

「やっぱり、私たちでこの銃弾の秘密を探るべきよ！」

ウェンディが盛り上がる。

「うん、俺もそうする方がいい気がしてきた。面白そうだし」

オスカーも同意した。

そしてふたりはロイドを見る。ここでロイドが首を横に振ったら、彼らはこの危険な調査をすることはないはずだ。いくらそれが楽しくてやりたいことでも、三人の同意がなければいけない。それが、彼らの間での暗黙の了解だった。

「……やってみようか」

ロイドの言葉に、ウェンディとオスカーは笑顔で返した。

仮に何か危ないことが関わっているとしても、分かった時点ですぐ兄に相談すればいい。そうすれば、兄も無駄な調査をすることはないし、自分たちも危ない目には遭わないはずだ。

そうロイドは自分の中で結論づけた。

「それじゃ明日から、調査開始よ！」

ウェンディの言葉に、おー、とオスカーが声をあげる。それにロイドは、ああ、とうなずいた。

足取りも軽く家路に向かう三人。その影は長く伸び、道の上に踊っていた。

†

ロイドたちは、銃弾がどこからやってきたかの調査を開始した。

といっても、当てずっぽうに探していては埒があかない。そこで、この銃弾を持ってきた猫に着目した。

ロイドがミーと呼ぶ、グレーの毛並みがだいぶくたびれたこの猫は、街のあちこちに出没していた。その行動範囲が分かれば、銃弾を拾った場所が自ずと特定できるのではないか、と考えたのだ。

このことを、クロスベルの地図を広げながら、ロイドはウェンディとオスカーに説明した。ふたりの意見は「他に方法も思いつかないし、とりあえずやってみよう」というものだった。


ロイドたちは地道にフィールドワークを進めた。

猫たちを見かけたかどうかの聞き込みは、主にオスカーが担当した。あまり物怖じせず、気さくで話しかけやすい人柄のオスカーは、この手の調査にはぴったりだった。オスカーは老若男女を問わず聞き込みをし、大抵の人がオスカーの聞き込みに応じてくれ、情報はスムースに集まった。

特に歓楽街で働く女性たちにとって、オスカーのような少年は母性本能を含めさまざまなところをくすぐるようで、わざわざ職場の仲間などにも尋ねたりして、情報を集めてきてくれる人もいた。

唯一難航したのは、旧市街。不良のたまり場として有名なこの場所は、さすがのオスカーでも聞き込みを躊躇した。幸い、旧市街の方の情報は歓楽街に住む女性たちから手に入った。彼女たちの住居の多くは、旧市街かその周辺だったからだ。

オスカーとウェンディから集めた情報を元に、ロイドは地図上を色分けしていった。猫が多く見かけられたところは濃い色を、出没頻度が減るごとに色を薄くしていった。

最初はまだらに見えたこの色分けはしかし、あるひとつのルートを見いだすにいたった。

ロイドたちが住む西通りを抜け、中央広場を迂回するように進み、最後に港湾区へと向かうルートだった。

「多分……港湾区の倉庫街だ」

ウェンディの家にある祖父の工房の中。広げた地図を見つめ、ロイドはそう言った。

その言葉に、ウェンディとオスカーもうなずく。

「どうする？　今日にでも見に行くか⁉」

いくぶん興奮した様子でオスカーが語る。

「とはいえだいぶ暗いし、導力灯とかいるわね。頭につけるタイプのやつ、みっつもあったかな……」

ウェンディもだいぶ乗り気だ。そんなふたりを見て、ロイドが慌てる。

「今日はもう遅いよ。こんな暗くちゃ、導力灯の明かりだけで小さな銃弾を見つけるのは難しいし、なにより危ないいんじゃないかな」

慎重派のロイドの意見に、ウェンディもオスカーも不満をぶつけるかと思ったが、あっさりと引き下がった。

「ん～、ま、それもそうか」

「なにより、お楽しみは取っておかないとね！」

ふたりにとっては、どうやら今回の出来事はピクニックか宝探しでもやっているかのようなノリだった。

ウェンディとオスカーは明日の持ち物を何にしようか、と話し合っている。その様子を見て苦笑しつつも、ロイド自身も高鳴りを押さえきれなかった。


クロスベルの街並に帳が下りた、すこし後。

ロイドの自宅の台所では、ふたりの明るい声が響いていた。

「にんじんはカレーに入っているから、サラダは葉物だけでいいわね」

そう言いながら、ロイドにレタスを手渡しているのは、彼より少し年上の女性だ。明るく美しいライトブラウンの髪は軽くウェーブし、肩までかかっている。ゆったりとしたワンピースに身を包んでいるが、胸元はかなりのボリュームがあることがうかがい知れた。

「いい？　レタスをちぎるだけだからって、手を抜いちゃだめ。塩こしょうひとつするときも、食べてくれる人の笑顔を思い浮かべながらするの。料理は愛情、よ」

「分かってるよ。もう耳にタコができるほど聞いたよ、セシル姉」

そう言いながらもロイドは笑顔だ。この女性は、セシル・ノイエス。ロイドの住むアパルトメント《ベルハイム》のお隣さんで、彼にとっては姉代わりとも言えるほど親しい人だった。

彼女はこうして、ちょくちょくロイドの家に来ては料理を作る。最初は食べさせてもらうだけのロイドだったが、次第に手伝うようになり、今では立派にセシルの助手を務められるほどにまでなった。

「ところで、ガイさんはちゃんとご飯食べてる？　残したりしてない？」

「あの兄貴が残すわけないだろ？　むしろ、足りないってわめいてるぐらいだよ」

「あら、食べ過ぎは良くないわ。栄養学の見地から言っても、食事というのは適切な量が大事なんだから」

セシルは看護学校に通っていて、看護師を目指している。最近では、会話の端々にこのような話題が出るようになった。

「……でも、そう。残さず食べてくれてるのね」

そう言って優しく、柔らかく微笑むセシル。その頬にはわずかに朱がかかっている。もともと整った顔立ちだが、その笑顔と瑞々しい若さが、彼女の美しさをより一層引き立てていた。それにも増して、恋する乙女は美しい、ということだろうか。

そんなまぶしい笑顔を見て、しかしロイドは、言い得ぬわだかまりを心に感じた。実のところ、セシルのガイへの想いは、一方通行だった。セシルがガイの話をし、自分には向けない笑顔を見せる度。ガイがセシルの想いに気づかず、的外れな受け答えをする度、彼の心には、割り切れない思いが少しずつ溜まっていくようだった。

だからロイドは、そんな気持ちを押し殺すように、もくもくとレタスをちぎった。

「あら？　ねぇロイド、サラダボウルをしまう場所、変えた？」

セシルが流しの上にある食器棚を開けて覗き込んでいる。

「あぁ、最近使ってなかったから、上の段に……」

そこでロイドは黙ってしまった。セシルは棚の上を覗き込もうとして、ぴょこぴょこと小さなジャンプをしている。その度に、彼女の豊満な胸が揺れるのだ。そして、少年であるロイドの身長からすると、その胸は眼前にあることになる。

「っ!?」

ロイドはとっさに目をそらした。その顔は耳まで真っ赤だ。

その時、がちゃり、と扉が開く音がした。

「お、晩飯はカレーか！　早く帰れた日がカレーなんて、今日はラッキーデイだな！」

聞き慣れたその声を聞き、ロイドは軽く驚く。その声の主は、ガイだった。ガイがこんなに早く帰ってくることは、めったにないことだった。

「あら、お帰りなさい、ガイさん」

「おっ、来てたのかセシル！　ただいま」

台所を覗いたガイは、セシルを見つけると、よっと軽く手を上げた。

「兄貴、こんな早くにどうしたんだよ？」

「おいおい、疲れて帰ってきた兄貴に対して、その言い方はないだろう？　まずは『おかえりなさい』」

ガイはわざとしかめっ面を作り、ロイドに挨拶をうながした。

「おかえり、兄貴」

その声を聞き、破顔一笑する。

「おう、ただいま。今日はウチの班長がお偉いさんが集まる会議に出るとかで、早じまいだ」

まるでお店のように話しているが、もちろんガイの仕事は捜査官である。しかも、特別に編成されたチームの。

ジャケットを使い込まれたイスにかけ、そのままどっかと座り込む。

セシルはロイドにサラダボウルを手渡して言った。

「ちぎったレタスを盛りつけて。それから、缶詰を開けてツナを上にかけてちょうだい。あ、ツナの油は捨てないとダメよ」

そして手慣れた感じでコンロに火をつけ、カレーが入った鍋を、おたまでかきまわしはじめた。

「いやぁ、セシルのカレーは最高だからなぁ。ほら、今度新しくできたデパート！　あそこに入った、帝国のどっかの一流シェフが作ったとかいうカレーも食ったんだけど、もうぜんぜん」

「もう、褒めてもなにもでませんよー」

そう言いながらも、まんざらでもない表情のセシル。

「いやいや、ホントだって！」

そう言って、ニコニコとセシルがカレーの鍋と向かい合っている様を眺めていたガイだが、ふとテーブルに視線を落とした。

「ロイド、これ……」

しまった、とロイドは思った。セシルがやってくる前、テーブルに例の地図を広げていたのだ。ウェンディとオスカーはロイドの推理に太鼓判を押してくれたが、念のために最後の検証作業をしていたところに、セシルがやってきたのだった。

　ロイドはかけより、地図をバタバタとしまう。本当のことがバレたら、兄はその銃弾について興味を持つだろう。最悪、警察に引き渡せ、と言ってくるかもしれない。だから、なんとしても隠さなくてはいけなかった。

「ごめん、邪魔だったよね」

「いや。クロスベルの地図なんて色分けしてどうするんだ？　日曜学校の課題か？　にしては、変わったところばっかりに色が塗られてたが……」

　ガイが地図を見ていたのはほんのわずかのはずだったが、そこまで見ていたのか、とロイドはガイの観察力に内心驚いていた。と同時に、動揺がにじみ出そうとするのをなんとか押さえつける。

「日曜学校の課題だよ。ゴミがたくさんあるところと、そうじゃないところを色分けしようって」

「ふーん、変わった課題だな。それに、中央広場って人通りの多いエリアだし、ゴミも出やすいんじゃないか？　それなのに色が塗ってなかったし」

　しまった、と顔に出かかるのを、なんとかごまかす。

　ガイはぽん、と手を打った。

「あ、そうか。しばらく前、シスターたちがボランティアで中央広場のゴミ拾いしてたな。それの次の候補地探しってわけか」

「そ、そうそう！　そんな感じ」

ガイの提案に全面的に乗っかるロイドは、力強く何度もうなずく。それに対しガイは、ふーん、と気のないあいづちを打った。

「ロイドー、カレー皿を出してご飯をよそってちょうだい」

「ごめんセシル姉、その前にちょっとこれ片づけてくるから！」

ロイドは地図を抱え、自分の部屋へと向かった。そして、すぐに戻ってきて、棚からカレー皿を取り出す。ロイドとセシルがカレーをよそう様を見て、ガイはひとり、目を細めていた。

†

翌朝の十時が、ロイドたちの集合時間だった。

「ごめんごめーん！」

遅れて最後にやってきたオスカーが、待っていたロイドたちに手をふってやってくる。

「遅い！」

「悪い悪い。荷造りに手間取っちゃって」

一番乗りだったウェンディは、かれこれ三十分ほど待たされていた。その怒りは頂点に達しそうだった。そんなウェンディの手のひらの上に、オスカーはポン、と紙包みを置く。

「ほい、これ」

「なによ？」

そう言いながら開けたウェンディの顔がいっきにほころぶ。覗き込んだロイドも軽く喜びの声をあげた。

「うわぁ……！」

紙包みの中には、様々なパンが詰め込まれていた。デニッシュにクロワッサン。サンドイッチもある。

「出かける前に、西通りのモルジュでサンドイッチでも、って寄ったんだ。そしたら『ピクニックにでもいくのか？　これもオマケに持ってけ』って店のおやじさんがくれたのさ」

どうやらあまりにウキウキしすぎてて、本当にピクニックだと勘違いされてしまったらしい。

「ま、もらえるものはありがたくってね」

そう言いながら、オスカーは小さくカットされたミニミルクパンをひょいと口に入れた。

「ちょっとー、ひとりだけズルいー！」

ウェンディが不満の声をあげる。そして、袋の中に手を入れ、ガサガサと漁りだした。その様子を見て、ロイドがややあきれた表情でふたりをたしなめた。

「ほら、食べながらでもいいから、とりあえず行こう」

おう！　と元気な返事をするオスカーとウェンディ。ふたりはパンをもぐもぐとほおばりながら、港湾区へと向けて歩きだした。やれやれ、と肩をすくめながら、ロイドもその後ろに続く。


そんな彼らを、ひとりの男が見つめていた。年齢は二十代後半だろうか。スラリとした体躯をチノパンにタートルネックのシャツというラフな出で立ちで包んでいる。

そして、隙の無い身のこなし。ある程度武術の心得がある者が見たら、相当の手練れだとすぐに分かっただろう。

もっとも特徴的なのは、腰まで伸びた髪だ。髪は女性もかくやというほど美しいキューティクルを持ち、男の持つ雰囲気をより神秘的にしていた。

彼は眼光するどくロイドたちを見つめていたが、ぽつりとつぶやいた。

「……あれは、確か」

そこまで言うと彼は踵を返し、人混みの中に紛れて消えていった。

港湾区は、近年急激な再開発が進んでいる。

前は倉庫しかなかった寂れた場所だったが、街の方から徐々に建物が浸食するように立てられており、近年では巨大なタワーの建設も噂されている。

しかし、その影響も海の方へ近づけば近づくほどなくなっていき、埠頭近くには昔と変わらない倉庫が建ち並んでいた。

ロイドたちはそのあたりを、下を見ながら歩き続けていた。

「なぁロイドー、見つかんないぞ?」

「……まだ探し始めて一時間も経ってないじゃないか」

だが、オスカーの忍耐力はすでに限界を超えていた。もともと、このような作業は彼の得意とするところではなかったからだ。一方のウェンディは、地道な作業に関しては才能をいかんなく発揮していた。ただ一点、地面を探すのに夢中になりすぎて、積まれている木箱や倉庫の壁に激突するのが問題だった。

(こっちのほうじゃないのかな……)

猫が姿を見せていたのは、確かにこのあたりのはずである。埠頭にはわずかではあるが漁業も行われており、猫たちはそこで捨てられる雑魚目当てに集まっていて、帰り道にあの弾薬を拾ったのでは……と、ロイドは予想していた。しかし、それも推論を重ねた結果でしかない。

いったん休憩を挟んで地図を見直してみようか、とロイドが考え出したその時。

「……ねぇ、これ見てこれ!」

ウェンディが、引き裂かれた紙きれを持ってロイドとオスカーの元に駆け寄った。よく資材を梱包するときに使われる、質の悪い紙のようだ。

「これがどうかしたの?」

オスカーの問いかけに、ウェンディはオスカーの鼻先に紙を持ってくる。

「匂いをかいで」

露骨に嫌そうな顔をするオスカー。ロイドも嫌そうな表情を浮かべたが、ウェンディの真剣な表情を見て、おそるおそる鼻を近づけた。

「……!　これ!」

「火薬の匂い、よ。近いと思う」

その切れ端からは、きな臭い匂いがしていた。

オスカーは思わず唾をごくり、と飲み込んだ。ロイドが真剣な表情で尋ねる。

「ウェンディ、これを拾ったのは？」

あそこ、とウェンディは指差す。倉庫街でも端っこの、かなりボロい建物だった。

「……行ってみる、か？」

オスカーのおずおずとした問いに、ウェンディが答える。

「もちろん！　そのためにここまで来たんでしょう⁉」

そう言って、ウェンディは歩き出す。

「ちょっと待って、ウェンディ……！」

ロイドが止めるのも聞かず、ウェンディはずんずんと歩いて行く。そのまま、倉庫の裏口にある扉の前まで来てしまった。

「ウェンディ、待ってくれ！」

「なによ！　まさか、ふたりとも今さら怖じ気づいたわけじゃないでしょうね⁉」

ウェンディは、眼前に自分の興味の対象があると、こういう風に暴走してしまう。つきあいが長いから分かっていたが、この状況では非常にやっかいだ、とロイドは思った。

「中に誰かいるかもしれない。僕たちは、勝手に入り込むことになるんだぞ？」

「でも、今まで誰も見なかったじゃない」

ウェンディがあっけらかんとした口調で答える。

「それは、そうだけどさ……」

ロイドの言葉から勢いが無くなる。オスカーは、わざとらしく扉に耳をあてていた。

「……中からは、なんも聞こえないぜ?」

よし、と言った風で、ウェンディがドアノブに手をかける。ここまで来ては止められない、ロイドはそう観念した。

「……仕方ない。ただし、中で何かマズいものを見たり聞いたりしたら、すぐにこの場を離れよう。いい?」

わかった、とウェンディとオスカーは真剣な顔でうなずく。そのままウェンディは、極力音を立てないようにドアノブを回し、扉を開けた。

倉庫の中は、ほとんどまっ暗に近かった。ところどころにある窓から、わずかに光が差し込む。そのわずかな光を頼りに倉庫の中を見回して見たが、人影はなく、荷物もほとんどなかった。

「本当に、ここ?」

オスカーが小声で囁き、知らないわよ、とウェンディが返す。

そんな状況で、ロイドはひとり、手にいやな汗をかいていた。ここは何かが違う。空気が重い。鼻につく匂いも気になる。なにより、ここは暗すぎる。まるで闇から、今にも何者かが這い出てきそうだ。

ロイドが引き返そうかと悩んでいる間に、ウェンディは手近な木箱のひとつに近づき、フタを開けようとしていた。思わず声をあげそうになり、あわてて駆け寄る。

「なにしてるのさ⁉」

「なにって、開けて確認するに決まってるじゃない」

「ウェンディ、そっち持って」

ウェンディとオスカーが、木箱の蓋をもってゆっくりと開ける。ロイドが止める間もなく、そのフタは一気に開かれた。

「……なに、これ……」

最初は、ただの黒い鉄の塊だと思った。だが、わずかな光の中で鈍く光るそれは、とても細身で、禍々しい形をしており――

と、次の瞬間、ロイドの頭に激痛が走った。平衡感覚が無くなり、自分が倒れていることに一瞬遅れてようやく気づく。寝転がったまま、オスカーとウェンディが、黒い服を着た男たちに羽交い締めにされているのを見た。

気づくとロイドたちは、倉庫の中でひとつところにまとめられ、後ろ手で縛られていた。口には猿ぐつわをかまされ、ろくにしゃべることもできない。

強制的に口を開けさせられていると、顎が疲労し、力が入らなくなる。ロイドはなんとか脱出をしようと試みたが、あっという間にそんな気力はなくなっていた。

「どうします？」

さっきロイドたちを打ち倒した黒服の男たち。その中のひとりが、ロイドたちを見るとはなしに見ながら、別の男に声をかける。どうやら彼が、この集団のボスらしかった。

「――消せ」

ボスらしき男は、底冷えのする声で言った。

しかし、と反論しようとする相手をギロリとにらみつけ、黙らせる。その瞳は仄暗く光り、得物を狙う爬虫類を思わせた。そのままふらりと動き、ロイドたちの元へやってくる。しゃがみ、ロイドの顔へ自分の顔をグッと近づけた。

「遊び場を間違えたな」

なんの感情も持っていないトーンでしゃべる。

この男は、ロイドたちをいたいけな少年少女としても、ひとりの人間としても見ておらず、ただ自分の障害物としか捉えていない。歩くときに邪魔な障害物をどかすように、自分たちを『処分』するのだ。そうロイドは感じた。ぞっとした悪寒が、全身を包む。

その時、鈍い音と共に、男の悲鳴が聞こえた。

「ぎゃっ！　ぐあっ！　だはっ！」

そして、ロイドたちのすぐ近くに、いきなり男が吹っ飛ばされてきた。格好からすると、黒服たちの仲間のようだった。

ロイドたちは何が起きたのか把握できなかったが、男たちはとっさに姿勢を低くしつつ、銃を構えた。

「――そこまでだ！」

大きな声が、倉庫の隅にある暗闇から響く。

まるで影のカーテンをくぐるように、ひとりの男性が姿を現した。

（兄貴……！）

それは、ガイだった。見慣れたはずの兄。しかし、その表情は今までロイドが一度も見たことがないものだった。いつも優しいまなざしを向けてくる瞳は、相手を射貫くような鋭さを持ち、微笑みを湛えていた口元はキッと引き締まっている。

そして、手にはいつも腰に下げられていた、愛用のトンファーが構えられていた。

「門番がなかなか通してくれなくてね」

そう言って、吹っ飛ばされてきた男をチラリと見る。どうやらガイが、彼をやっつけてしまったらしい。普段の温厚で陽気な兄からは考えられない苛烈さに、ロイドは驚く。

しかし黒服の男たちは、ガイが単身乗り込んで来たと分かると余裕の笑みを浮かべた。

「へっ！　警官風情がなんの用だ」

「下っ端かぁ？　ここいらは俺らのシマで、警察も手出しはしない。そう話はついている」

そう言って下卑た笑い声を出す。

「その話は先代までだったはずだがな、ルバーチェの下っ端さんたちよ」

ガイの挑発するような口調に、男たちの表情から笑みが消えた。

「こっちはこっちで、話はついているんでね」

その言葉を聞いて、黒服の男たちは気づいた。自分たちが売られたことに。

彼らは新しくやってきたボスのマルコーニになじめずにいたあぶれ者だ。マルコーニは、今までクロスベルでシノギをしていた彼らを使わず、自分が州外から引き入れた手駒を重用した。

しかも、若頭に据えられたのは、元猟兵団《イェーガー》だと言う。力でねじ伏せようにも、相手が悪すぎた。

そこで彼らは密かに銃をかき集め、内部抗争を始めようとしていたのだ。

それをマルコーニ一派と、この捜査官はかぎつけた。しかも、その取り締まりに関しては話がついているという。つまり、いままでのように、警察に捕まっても即時釈放、などということは決して起きないことを意味していた。

男たちの顔に、鬼気迫るものが含まれていく。それに反するように、ガイは不敵な笑みを浮かべた。

「ようやく気づいたか。じゃあ後は、おとなしく手錠をかけさせ……」

男のひとりが素早く動き、ロイドの頭に銃を突きつけた。

「こっちに人質がいるのを忘れたか、警察官《ネズミ》」

頭にゴリゴリと銃を突きつけられ、痛いはずだったが、ロイドは不思議と痛みを感じていなかった。

恐怖で痛みを忘れているのではない。ガイから眼が離せなかったからだ。

この絶体絶命な状況の中で、それでもガイは、眼で語りかけ続けていた。

――大丈夫だロイド。お前たちを絶対に助ける。

「聞いてンのかオラァ！」

男がいらついた声をあげ、撃鉄に指をかける。撃鉄を起こす音も、ロイドはどこか遠くの世界の出来事のように感じていた。

「やっちまえ。ひとりぐらい見せしめにしないと、分からねぇバカみたいだしな」

別の男の声がして、ロイドに銃をつきつけている男が引き金に指をかけた。

大音量の銃声が耳元で鳴り響いたショックで、ロイドは意識を失った。


「……なっ⁉」

ロイドを撃ったはずの男は、抜けた声をあげて手に持った銃を見つめた。

導力銃は、本来の半分以下の長さとなっていた。銃身が途中ですっぱりと無くなっていたのだ。

そして、彼の目の前には、細身で反り返った刀を構えた男がいつの間にか立っていた。先程、ロイドたちを監視するような眼で見ていた、あの男である。その手に持った刀と、全身からあふれ出るオーラが、その男がただ者ではないことを雄弁に語っていた。

男は刀を構えたまま、刀を持ち替えて刀身を反転させた。峰打ちの構えだ。

「――二の型、疾風《はやて》！」

男がつぶやいた次の瞬間には、彼の周りに居た三人の男たちが全員銃を取り落とし、みぞおちを押さえうずくまっていた。

何が起きたのか分からず呆然とする残りの男たち。彼らの前には、いつの間にか距離をつめたガイがいた。そのまま彼らの前で、ひらり、と身体を一回転させる。

「ぐあっ！」

「ぎゃっ！」

「どぅあっ！」

遠心力を使い、トンファーを次々にたたき込む。あっという間に残り三人の男たちをのしてしまった。そのままトンファーをくるくると器用にまわし、腰に吊す。

刀を持った男の方も、刀をひと振りして、腰に吊した鞘に収めた。

「よ、お疲れさん、相棒」

ガイに相棒と呼ばれた男は、わずかに顔をしかめた。

「まさか、身内を危険にさらすような手を使うとはな……」

「お前がいるから、大丈夫だと思ってな」

ガイの言葉に、やれやれと首を振ったこの男は、ガイの相棒にしてクロスベル警察特別チームのメンバーのひとり、アリオス・マクレインである。

「理解できん」

「ま、今回はいろいろ非常事態だったんでな。まったく、ちょこちょこ動き回ってくれちゃっ

て」

　そう言いながら、気絶しているロイドたちの近くにしゃがみこみ、彼らの顔を見つめる。

先程の銃声で、ロイドだけでなく、オスカーとウェンディも気絶してしまっていた。

「シズクちゃんは、こんなおてんばしないように、しっかりと育てないとな」

　最愛の娘の名前を出されて、アリオスがわずかに表情を変える。

「……娘はまだ三歳だ」

「もう三歳、だろ。ちょっとしたらあちこち走り回るぞ？　気をつけないとな」

　そうかもしれないな、とアリオスがつぶやき、真剣に考え出す。それを見てガイは、ククッと笑う。最近、こうやってアリオスをいじるのが、彼のお気に入りのひとつだった。

「それにしても……まさかあの地図を使ってこの場所にたどり着いちまうとはな」

　ガイはそう言って、ロイドの髪を優しく撫でた。

†

ロイドが目覚めると、見慣れない天井が目に飛び込んだ。ぼんやりとした頭で、ここはどこだろう……と思い出す。

「ッ！　みんなッ！」

記憶が繋がったロイドが飛び起きる。と、すぐにここがさっきまで自分がいた倉庫の中ではないことに気づいた。どこかの建物の応接室だろうか、多少くたびれた雰囲気はあるものの、豪奢な調度品が並んでいる。そして、自分はソファーに寝かされていたようだ。

「ん……うぅ、ロイ……ド……？」

「うーん………ここは……？」

ロイドが飛び起きたのに続いて、ウェンディとオスカーが目を覚ます。彼らはロイドほど頭がしゃっきりしていないのか、まだどこか夢うつつ、といった様子だ。

その時、扉が開いた。

「おっ、目覚めたなチビスケども！」

目覚めには少々響く声を出して部屋に入ってきたのは、ガイだった。その手にはお盆があり、オレンジジュースが入ったコップが置かれている。それをあぶなっかしい手つきで、ロイドたちが寝ていたソファーの前にあるテーブルに置く。

何がどうなっているのか、と口を開きかけたロイドに、ガイは持ってきたジュースを手渡した。

「ここはクロスベル警察の応接室。無理言って開けさせた。あの黒服どもは、俺たちが全員捕まえたから、もう安心しろ」

ガイとアリオスが捕まえた男たちは、そのまま留置所へと護送された。街を騒がせるルバーチェ、しかも銃器の密輸入現場を押さえたということで、普段役立たずの烙印を押されているクロスベル警察にとっては、かなりのお手柄となった。今回の件を期に、ガイとアリオス、そしてセルゲイのチームはさらなる名声を得た。しかし、ガイはそれらのことを語ろうとはしなかった。彼らには、それよりももっと大事なことがあったからだ。

彼らが落ち着き、オレンジジュースを飲み干すのを待ってから、ガイはロイドたちに尋ねた。

「……で、今回の〝宝探し〟の言い出しっぺは誰だ？」

何気ない口調だったが、ロイドたちは震え上がった。これだけの騒ぎを起こしてしまったのだ。酷く怒られるに決まっている。

三人はお互いの表情を見つめた。オスカーは今にも逃げ出したい、という顔をしていた。ウェンディは、本気で今にも泣きだしそうだ。ロイドはというと、何かを諦めたような、そんな表情をしていた。

「……俺が言い出したんだ、兄貴」

ロイドが伏し目がちに手を上げる。すぐさま、ウェンディが続いた。

「ちっ、違う！　もともとあの銃弾を見つけたのは私！　だから……」

「それなら、俺だって！　……その、探そうぜってふたりに言っちゃったし……」

ウェンディとオスカーの語尾は尻すぼみになっていく。その様子をガイはじっと見つめながら、次の問いを切り出した。

「よし、言い出しっぺは全員ってわけだな。それじゃ……リーダーは誰だ？」

三人は再び目配せをし合う。今度はロイドが強くうなずいた。

「俺だよ」

今度は、ちゃんと目を見て言えた。誰が言い出したか、という点は曖昧だが、リーダーなら明確だ。状況に流されつつも、いつも大事なことは自分が決めていた。ロイドには、その自覚があった。

ガイは、そうか、とつぶやき、次の瞬間。

ロイドを平手打ちした。

さっきの銃声を耳元で聞いた時よりも、衝撃があった。一瞬何が起きたか分からず、次の瞬間には自分が床に倒れているのに気づく。打たれた頬が、ジンジンと熱い。

倒れこんだロイドを見て、オスカーは思わず身を引いた。ウェンディの目からは涙があふれている。そんなロイドを見て、ガイは部屋の外まで響き渡るような声で怒鳴った。

「リーダーなら！　仲間の安全を第一に考えろッ‼　仲間の命を危険にさらすような奴は、リーダー失格だッ‼」

打たれた頬も痛かったが、それ以上にガイの言葉はロイドに突き刺さった。

本当はどこかで分かっていたのだ。あの銃弾は、とてもやっかいで、仄暗い何かを運んでくることを。だが、自分の力で何とかできるのではないかと勘違いしてしまった。あの銃弾は、文字通り人を傷つけ、死をもたらす。例えそれが銃身にこめられていないとしても。

やはりあの時引き返すべきだったのだ。倉庫に入る前に。ウェンディとオスカーが、木箱のフタを開ける前に。しかしそのことに気づいたのは、男たちに捕まって、すべてが手遅れになった後だった。

ガイを出し抜き、手柄を立てて褒められたい、認められたいと願っていたはずなのに。結局今回も、守られるだけの存在でしかなかった。

自分は、弱い。

その事実を突きつけられ、ロイドの胸は涙であふれそうだった。

ガイが一歩ロイドに近づく。また叩かれるのだろうか。だが、それでもいい。今はただ叩かれ、無力さをかみしめ、打ちのめされたい気分だった。

ロイドがギュッと目をつぶった瞬間、ふわり、と大きなものが覆い被さった。

「え……」

ガイが、ロイドを抱きしめていた。

「……あんまり心配かけさせるな。……お前が死んじまったら、父さんと母さんに……俺、なんて言えばいいんだよ」

ガイはそう言って、鼻をすすった。

包み込んでくれる兄の身体は大きく、暖かくて。

ロイドは悔しさとはまた違う理由で、涙があふれて。

「兄貴……ごめん……ごめん……ッ！」

ただ謝り続けながら、ガイの胸で泣いた。

ガイはロイドの背中をポンポンと叩き、そのままオスカーとウェンディもまとめて抱きかかえる。

「ううっ……うわあぁぁぁっ！」

「こわかった……こわかったよぉぉ！」

泣きじゃくる三人の子供たちを力一杯抱きしめ、ガイが微笑む。

その瞳にわずかに光るものがあったが。それを見ている者は、空の女神《エイドス》以外に誰もいなかった。

ティオの章

なんでこんなことになってるんだよ。

ヨナ・セイクリッドは思わずそうつぶやいていた。

ここはエプスタイン財団の研究所にある、導力ネットワークのサーバー管理室である。綺麗に整頓された室内には、少し低めのテーブルの上に最新鋭の端末が並んでいる。その価値を知るものならば速攻で卒倒しかねないほどのお金と設備だ。ここで、研究所の中にある導力ネットワークを管理している。

ネットワーク研究者にとっては天国のような場所なのだが、ヨナにとってはここは牢屋と変わりがなかった。

「なんでこんなことになってんだよ……」

まったく同じセリフを再度つぶやき、ため息をつく。うなだれたヨナを、近くの席にいた研究者が見ていた。盛大にサボっているヨナの姿に一瞬眉根を寄せたが、そのまま無視して自分の仕事に戻っていった。

そもそも、なんでこうなったんだっけ？

ヨナはそう思い、記憶の糸をたぐり寄せはじめた。

クロスベルを襲った大事件『D∴G教団事件』。その解決後、ティオの所属するクロスベル警察特務支援課は一時解散となった。この期にティオは、魔導杖《オーバルスタッフ》の性能報告をしようと、エプスタイン財団のロバーツ主任に、財団研究所への一時帰還を申し出る。

ここまではヨナにとっては関係のない話だったが、その話の流れでティオが、

「ヨナも連行しましょう」

と、思いついてしまった。

事件のどさくさにまぎれ、IBC《クロスベル国際銀行》社のラボにもバックドアプログラムをしかけて楽しく遊んでいたヨナだったが、ティオがジオフロント内にあったヨナの隠れ家に突撃。同意しない場合は隠れ家の場所を警察へ通報すると言い、嫌がる彼を強引に連れ出し、財団研究所へ同行させた。

こうしてティオ、ヨナ、ロバーツの3人はクロスベルを出発し、レマン自治州にある財団研究所へと戻ってきた。ティオは本来の目的である魔導杖の性能報告作業に、ロバーツは主任なので主任業務に戻った。ヨナはというと、いったんは財団を脱走した立場であり、そもそも居場所がない。そこで上層部は、彼を行き詰まってる難題プロジェクトに参加させることにした。ヨナ自身もプロジェクトの難しさを聞き、逆にやる気をかき立てられ、熱心に仕事に打ち込んだ。

ヨナは天才的な頭脳を持ち、閃きでプログラムを作成するタイプだ。彼にかかれば、行き

詰ったプロジェクトが抱える難題も、『なんでこんな簡単なことが気づかないんだ?』と思えるほどたやすいことだった。彼は瞬時に脳内で新しいプログラムの骨子を組みあげてしまった。その点で、彼はまさに《天才》だった。

しかし、ここで別の問題が発生した。ヨナはプログラムを閃きで作ってしまうが故に、論理的に、かつチームで作っていく研究所の方法とは相性が悪かった。ヨナは脳内で組み上げたプログラムを、口頭で説明してすぐさま作成に取り掛かろうとした。しかし、他の研究員はヨナほどの天才ではない。みな、導力ネットワークの専門家であったし、秀才と呼ばれるような人材ではあった。だが、ヨナほどの《天才》ではなかった。ヨナの口頭の説明だけでは、プログラムの全容を把握しきれなかったのだ。

とはいえ、彼らも遊びでエプスタイン財団に勤めているわけではないし、秀才と呼ばれてきたプライドもある。そこで、自分たちが理解するための時間を稼ぐため、ヨナに仕様書を作ってはどうか、と提案してきた。

しかしヨナにとっては、脳内で一度組み上げたプログラムである。それを仕様書などという形に起こすこと自体に意味を感じなかった。仕様書にする時間があるぐらいなら、最初から組み上げてしまえばいい。できたプログラムに不満があるなら、瞬時に修正すればいい。

実際彼はそれができるのだ。

ヨナはそのことを正直に言った。しかも彼ならではの口調で、思っていることをまったくオブラートにくるむことなく。『仕様書は時間のムダ』『ボクひとりで十分』『あんたらは好きなことしてればいい』『修正もひとりでやれる』『いいからとっととプログラム組んじゃおうぜ』

ヨナのこの言動は、他の研究員たちのプライドを大いに傷つけ、彼は大変な反感を買うことになってしまった。

こうして、諸手を挙げて歓迎された天才プログラマは、今やプロジェクトチームの中で好き勝手をする問題児、という扱いになっていて、ヨナも急速にやる気を失っていった。

そうなってしまうと、この仕事は『退屈』だった。常に刺激を求め、導力ネットの海をさまよっていたヨナにとって、『退屈』はなによりも恐ろしく、また忌み嫌っていたものだった。

だから今日も彼はつぶやいていた。

「あー、ダリィ」

今日何回目かの愚痴をこぼし、ヨナはイスにもたれかかり、天井を見上げた。

そんな様子を、廊下側にある窓から見ていたのは、ティオである。

「ヨナ、大人しく仕事をしていますね」

そう言ってから、最後につけ加えた。

「……今のところは」

放っておくと、いつまた逃げ出すとも限らない。そうティオは考えていた。とはいえ、今の彼女にとって大事なことは、ヨナのことではない。自分が抱えている仕事のことに頭を切り換えつつ、廊下を歩き出した。

今日のティオは、普段のダークブルーをベースとした服の上に、白衣を羽織っている。以前から研究員は白衣着用がある程度推奨されていたが、ティオにあうサイズがなかったため、彼女は着てこなかった。

それがこの度、晴れてティオにあうサイズ——というより、彼女専用のサイズ——が支給されることとなったのだ。ちなみに、手配を進めたのはロバーツ主任であり、はじめて着たときに満面の笑みを浮かべていた。その場でティオは白衣を脱ぎ捨てようとしたが、ロバーツの懇願により押しとどまったのだ。

実際着だすと、服の汚れなどを気にする必要もなく、ポケットも多いので便利だということに気づき、白衣を着ることへの抵抗感はなくなっていった。

研究所を白衣をはためかせて歩くティオ。彼女が向かった先は、研究所内の共用スペースである。建物の中だが、ガラス張りの壁面と高めの天井で開放感があり、外に植えられた緑が目に鮮やかだ。スペースにはイスとテーブルがそなえつけられ、少し離れたところには自由に飲めるお茶のセットなどもある。昼食時ともなると、ここにパンやお弁当を持ち込んで食事をする研究者が多くいる。

今は午前中なので人影もまばらだ。ひとり静かに考え事をするのには持ってこいの時間である。

ティオはイスに腰掛け、持ってきたレポート用紙を広げ、ペンを握った。レポート用紙の一番上に、ペンを走らせる。

『魔導杖の実戦運用における問題点と対処法について』

年相応のやや丸みを帯びたかわいらしい字だが、書いている内容はそれと反して硬い。そして、次の行にペン先は向かった。

『サブウェポンとしての魔導杖の可能性』

ここまで一気に書いて、ティオはレポート用紙を見つめた。とんとん、とレポート用紙をペン先でつつき、サラサラとメモをする。

『パターンで考える』

『テストケースで具体的に』

『ロイドさん、エリィさん、ランディさん』

思いついたことをメモし、ペンを走らせていた手を止めて眺める。いけそうです、と小さくつぶやいた。

ティオの今の仕事は魔導杖の運用試験の結果を報告することである。とはいえ、具体的な数字は、ロバーツの手を経由して、すでに魔導杖開発チームには渡っていた。今すべきことは、もっと大ざっぱな話、いわばグランドデザインのところだ。

ティオは魔導杖一本で魔獣などと戦ってきた。特務支援課で積んできた経験からいうと、この方法には可能性と同時に限界を感じていた。魔導杖は確かに詠唱を必要としない点が魔法《アーツ》と異なり、また通常の剣や銃などと同じ、タイムラグなく隙が少ない攻撃を可能にしている。

とはいえ、大きな括りでいえば、ただの武器である。あらゆる武器には長所と短所があり、また得意とする人と不得手とする人がいる。それを明らかにすることで、魔導杖の新たな開発の方向性を見いだせないか、と考えていたのだ。

ティオは考えながら、メモを続けた。新たな開発の方向性、のところを四角く線で囲んで強調する。

ちなみに、ティオは導力ネットワーク端末を使って文書を作ることは可能である。むしろそちらの方がキーを叩くだけでいいので楽ではある。だが、こういう風に考えをまとめる際には、紙とペンを使った方が効率的であると、ロイドに教わったのだ。いろいろな要素を検討し、つなぎ合わせ、まとめていく作業においては、紙とペンがもっとも効率的である、とロイドは語っていた。彼が事件の際、ホワイトボードに関係者の相関図などを分かりやすくまとめていくのを見ていたので、その言葉には説得力を感じていた。

「……では、はじめましょう」

そうつぶやいて、まずティオはランディのことを想像してみた。ランディなら魔導杖を使って、どのように戦うか、と考えていく。

ティオの想像の中のランディを、魔獣と対峙させる。ランディは魔導杖を持ってしげしげとそれを眺めていたが、すぐに魔獣と距離を取った。魔導杖は中距離での攻撃を得意とする武器なので、セオリー通りである。戦闘のプロであるランディらしい判断だった。

だが、何発か魔導杖で攻撃するものの、有効打を与えるに至らない。しかも、魔獣の攻撃を杖で受けることになってしまい、ランディは戸惑いを隠せないようだった。

すると、杖を捨てて、素手による格闘戦スタイルに持ち込んでしまった。あふれる腕力を使い、魔獣を素手で倒したランディを見てティオは

「……ダメですね」

はあ、とため息をつく。そもそも格闘戦を得意とするランディは、もっとも魔導杖と相性

が悪いのだ。とはいえ、この思考実験がまったく無駄だったわけではない。

ティオはレポート用紙にペンを走らせた。

『魔導杖自体の強度強化』

『実戦では不意打ちに対応するために組み合うことも』

実際、ティオ自身も敵との遭遇時、不意を打たれて魔導杖で攻撃を受け流したことが何度かある。その度に、壊れはしないかと冷や汗をかいた。魔導杖自体が丈夫になれば、このような状況にも多少は対応できるはずだ。

「いけそうです……」

自分の方法論に手応えを感じ、つぶやくティオ。今度はエリィが魔導杖を持った姿を想像する。魔導杖を手にしたエリィの姿は、銃を持っている時よりお嬢様っぽく見えるな、などとティオは考えた。それに、以前絵本で見た魔女のようだ、とも。そのままとんがり帽子にローブを羽織ったエリィの姿を想像する。想像の中のエリィはノリノリで、持っていた魔導杖をくるくるとステッキのように振り回し、ポーズを取った。

「……くっ」

ティオはひとりで肩を揺らして笑ってしまう。いけない、今は仕事の最中、と思い直し、魔女の格好からエリィの普段着に姿を戻す。

魔獣と対峙したエリィは、杖を振るい攻撃をしかける。杖のひと振りで放射状にアーツによる攻撃が広がると、驚きの表情を見せた。

エリィが普段使う導力銃は、単体のターゲットをピンポイントに狙うものである。対して魔導杖の攻撃は、放射状に広がる、いわば面攻撃である。

さらに、攻撃後、敵の反撃をかわすために取った間合いも、魔導杖の射程から外れてしまうものだった。導力銃に比べて、魔導杖の射程は短い。次の攻撃時に、射程が足りずに再度間合いをつめるという無駄な動きを取ってしまうエリィ。

そこで想像を止めて、ティオはペンを走らせた。

『点攻撃と面攻撃、その特性の違いを持ち手にレクチャーする必要あり』

エリィの普段の戦い方は、導力銃による遠距離攻撃と、アーツによる攻撃および援護、というものだ。銃というものの特徴を存分に生かした方法だが、現状の魔導杖とは異なる。魔導杖が導入される場合には、選択肢として導力銃と並べられるだろう。その際、それぞれの特徴を理解して選んでもらう方がいい。

ここまで一気に書き上げ、ティオは一度ペンを置いた。そのままイスから立ち上がり、お茶のセットが置いてあるところでお水をカップに汲み、戻ってきてテーブルに置いた。

再度イスに腰掛け、水を口に含む。冷やされた水が、身体に心地よい。気分を一新したティオは、さっきの作業の続きに取りかかった。

最後はロイドである。しかしティオは、魔導杖を持っているロイドがあまり想像がつかなかった。とりあえず、彼女の想像の中にあるロイドを引っ張り出してくる。

『ティオ』

いつもの服を着た、いつものロイドだ。

『元気でやってるか？　風邪とかひいてない？』

自分の頭の中で想像したロイドもひどく心配性なので、思わずティオは苦笑してしまう。

大丈夫です、主任もヨナも、元気でやっています。

そう返答すると、ロイドはよかった、と言ってはにかんだ笑顔を見せた。その笑顔を思い出し、そういえば、顔を合わせなくなってまだ一ヶ月も経っていないけれど、随分と長いこと会っていないような感覚だな、と気づく。

『仕方ないさ。特務課ができてから俺たち、ずっと一緒だったから』

ずっと、一緒。

その言葉に、少しティオの胸が熱くなる。研究所で魔導杖の開発をしていたころは、誰かと一緒だという感覚はほとんどなかった。研究員は仕事上だけのつきあいだったし、ロバーツはティオのことを気遣って――というより、嫌われることを恐れて――あまりベタベタはしてこなかった。幼い頃、悲しい事件に巻き込まれたティオにとって、特務支援課での日々は、ほぼはじめてに近い『他者と過ごす時間』だったのだ。

『ティオはどう？　寂しくない？』

寂しい……？

考えたこともなかった。今まで他人と濃密な時間を過ごすことがなかったティオにとって、『寂しい』という感覚はあまり意識してこなかったからだ。そのまま、自分の心に問いかける。

……寂しい、です。会えないのが。

『えっ？』

驚くロイドに向かって、ティオは答えた。

キーア分が、とっても不足しています。

『あははっ！』

想像の中のロイドが破顔一笑する。その笑顔につられて微笑んだその時。

「プラトーさん？」

いきなり外界からの刺激を受けて、ずっと内に向いていたティオの意識が急激に外に向く。

ほんのわずかのタイムラグを置いて外界を認識すると、自分の目の前に何度か見かけた顔があった。

「ああ、よかった」

そう言ってその青年ははにかむ。他の研究員と同じように白衣を着ているが、その下に着ているシャツは帝国の一流ブランドのものだ。スラリとした身で見事に着こなしている。

顔立ちも整っている。ブロンドとブラウンの間、といった色合いの髪の毛は短めにまとめられ、整髪料によってラフにまとめられている。マスクは甘く、女性にもてそうな顔だな、とティオは自分のことを差し置いて考えていた。

「あの……何かご用でしょうか？　エメルトさん」

ティオが記憶のふちから名前を引っ張り出して問いかける。彼の名前はマルセル・エメルト。帝国出身で、ティオが戻ってくる数ヶ月前からこの研究所に入った若手研究者だ。

「いえ、なんだかひとりで座って……」

そこまで言って、マルセルは楽しそうに微笑んだ。

「しばらく難しい顔をしているかと思ったら、肩を揺らせて笑ったり、切なそうな顔をしたり、急に微笑んだり。いったい何をしているのかな、と思いまして」

想像の中でロイドたちと話していた時に、いろいろ顔に出ていたらしい。ティオは恥ずかしくなったが、それ以上に黙って見ている相手の趣味の悪さにイラッと来た。

「……いつから見ていたんですか？」

「ついさっき」

嘘だ。この笑顔はかなり前から見ていたに違いない。ティオはいつものジト目で、マルセルをにらみつける。

「……少し、考え事をしていただけです」

「ああ、いやいや。気分を害されたのなら謝ります。あなたのされている研究は、弊社にとってもとても大事なものなのですからね」

わざとらしく謝るが、そこに誠意の一切を感じず、ティオはまたもイラッとしていた。

彼の言う『弊社』とは、ラインフォルト社のことである。ラインフォルト社は財団に多額の資金援助を行い、この研究所に研究室を開設した。そこでは、セプチウムを使った魔導関連の新規アイテムの開発が行われている。マルセルは、若くしてこの研究室の室長を務めていた。

「新しい魔導杖のあるべき形……魔導杖のスペシャリストであるプラトーさんと開発できるとは、光栄です。ともに協力しあい、次世代の魔導杖開発を成功させましょう」

マルセルの研究室が作ろうとしているのは、ティオの持つ魔導杖、その量産型ともいうべきものだった。精巧なパーツを使い、卓越した術者によって運用される現状の魔導杖は確かに強力な武器ではあるが、運用が難しすぎるきらいがある。

そこで、もっと量産ができ、安価で、容易に扱える。そんな魔導杖を作りたいとラインフォルト社は考えた。

ティオははじめてこの話を聞いた時に、

「いかにも武器屋さんが考えそうなことです」

とひと言で切って捨てた。

戦闘のスペシャリストであるランディとの雑談の中で、兵器というものはどう生まれ、どう普遍化され、そしてどう災禍をまき散らしたのか、という話を聞いていたからだ。ランディの言を借りるならば、魔導杖はテスト段階が終わり、実用段階に入ったことになる。これからはより多くの人が魔導杖を持つことになるだろう。

ティオのように体格に恵まれず、体術なども会得していない者がそれでも武器を持たなくてはいけない時、魔導杖は導力銃などと並ぶ『力』となるだろう。それによって救われる命もあるはずだ。

だが、同時に大量生産されれば、それは戦争の道具ともなり得る。それもまた、導力銃と同じだ。特にラインフォルト社は、導力銃をはじめ、さまざまな種類の武器を作っている会社だ。その多くが、帝国軍に納品されている。そこが目をつけたということは、魔導杖を本格的に軍の中で運用するつもりなのだろう。正直、あまり気分のいいものではない。

とはいえ、ティオは子どものように次世代魔導杖の開発を拒否することはしなかった。そんなことをしても、自分の代わりの人間が開発にたずさわり、世の中に量産型の魔導杖が出ることは明白だったからだ。

それならば、せめて自分の目の届くところで、よりよいものを作りたかった。例えば行商人が、街から街への街道を歩く時に、万が一魔獣に襲撃されてもなんとか身を守れるように。それによって助かる命があると信じて。ティオが自分なりに答えを出した『自分にできること』だった。

とはいえ、マルセルの言動は、ティオの癇にいちいち障った。やっぱり彼女の中で、次世代魔導杖の開発と、それにたずさわるラインフォルト社の人間は、好かないものだったのだ。そんなティオの気持ちを知ってか知らずか、マルセルがわざとらしく会釈をする。

「それでは、私も仕事に戻ります。そうだ、今度研究室に遊びに来てください。プラトーさんなら、大歓迎ですよ」

その言葉にティオは沈黙で答えた。ティオのジト目に見送られ、マルセルが立ち去る。彼が立ち去った後、ティオはひとつため息をつき、レポート用紙とペンを小脇に抱えて、空のカップを手に持ち立ち上がった。そして、ぽつりとつぶやく。

「…………変な顔、してたんでしょうか」

またも顔を赤らめ、足早にその場を立ち去った。

†

ネットワーク管理室でダルそうにイスに座っていたヨナは、いきなりすっくと立ち上がった。

「トイレトイレ～っと」

パーカーのポケットに手を突っ込んで、わざと他の研究者に聞こえるようにしながら廊下に出る。管理室からトイレはすぐそこだったが、ヨナはトイレに目もくれず廊下をそのまま先に進んだ。

「マジメにやってられっかよ」

そう言って、ペロリと舌を出す。ヨナはこうして、仕事中にも関わらずプラプラと出歩くクセがついていた。

ヨナが居た頃に比べ、この研究所も拡張がされていて、見知らぬ場所がいくつもある。中には極秘の研究がなされているらしき部屋もあり、この前は警備員にあやうく見つかりかけたりもした。それでもヨナがこの探索をやめない理由はただひとつ、『面白そうだから』である。

今日も気の向くまま、白くて無機質な廊下を歩いていると、ひとつだけドアが開け放たれた研究室を見つけた。スパイにでもなった気分で、ヨナは足音をしのばせ近づく。ドアの横にあるプレートには、

『ラインフォルト社・次世代魔導技術開発チーム・エプスタイン財団研究所分室』

と、長くて仰々しい名前が掲げられていた。

「ラインフォルト社か……」

導力ネットでも、ラインフォルト社の名前は有名だった。帝国軍の多くの武器を納入している大企業。そこの分室がここだ。ヨナも男の子である。何かしらの新兵器の開発をしているのではないか、という好奇心がムクムクと頭をもたげてきていた。

「ま、開けっ放しで不用心なのが悪いってことで」

誰に言うともなくそうつぶやき、身をかがめてスルッと研究室の中に入った。

部屋の中は薄暗くなっており、導力ネットワーク端末の画面の灯りだけが、部屋をほのかに照らしている。どうやら室内に人はいないらしく、人気はない。そんな中、部屋の中央、

やや奥まった場所に、多数のケーブルに繋がれた錫杖のようなものが、透明なケースの中に格納されていた。

そこまで身をかがめながら歩いて行き、ヨナは下からそのケースを見上げた。

「これ……ティオが使ってる、アレだよな?」

アレ、とは魔導杖のことだった。ティオが持つものとシルエットは近しいが、さまざまなディティールが異なる。パーツが多く、いかにも機械という雰囲気を持つティオのそれとは異なり、あまり出っ張りなどはなく、いくつかのブロックに簡単に分けられるような構造になっているようだった。

ここにあるものは、次世代魔導杖、そのテスト機だった。

「……なるほど、それで」

ヨナも情報としてラインフォルト社が研究室をここに持っていること、ティオが魔導杖についてあれこれとレポートをまとめていることは知っていたので、すぐにこれがなんなのか察したようだった。しかし、これはヨナの知的好奇心を満たすようなものではなかったらしい。

「つまんねぇの。もっとこう、導力銃の最新型とかさ、すんげービームみたいなのが出るやつとかならいいのに」

そう言って、部屋を出ようと踵を返したその瞬間。

部屋中に耳をつんざくようなアラート音が響いた。それと同時に、部屋中の導力ネットワークの端末画面が赤と黄色の点滅をはじめる。

「ななっ、なんだ⁉」

驚いたヨナは、チカチカと点滅を繰り返す端末画面を覗き込んだ。その表情が、一瞬で険しいものに変わる。

「……なんで、こんなもんがあるんだ？」

このまま放っておくとマズい、と直感で判断する。しかし、自分がここに忍び込んだことがバレてしまうのはもっとマズい。どうすれば……とヨナが逡巡していると。

「――おい、そこに誰かいるのか！」

マズい、とヨナが思った瞬間には、声をかけてきた人物がけたたましい足音とともに部屋に踏み込んできた。

†

ヨナがラインフォルト社の研究室で何かをやらかした。

そう聞いて現場に駆けつけたティオを待っていたのは、むくれるヨナと、オタオタとしているロバーツ、そしてひどく不機嫌そうな表情のマルセルだった。

「ヨナ……！」

ティオは軽く肩で息をしつつ、ヨナに詰め寄る。

「いったい何を……」

「ハッキングですよ、プラトーさん」

ヨナが口を開く前に、マルセルが言った。ティオは驚いてマルセルの方を見る。

「ハッキング……？」

「我々がここで、新型魔導杖の研究開発をしているのはご存じでしょう？　その魔導杖のあるシステムの起動実験を行おうとしていたんです。準備が整って、軽い休憩の後にさぁ実験を、と思ったところで、研究室の方が騒がしい。何事かと来てみれば……」

マルセルはヨナをチラリと横目で見た。

「このヨナ君が、端末をいじってましてね。何事かと思ったら、システムにハッキングをしかけていた。そして、新型魔導杖は、ご覧の通りです」

マルセルが顎で指し示す。そちらを見ると、杖らしき形をした、黒焦げの物体があった。ティオの持つ魔導杖と形がやや似ているようだが、なにせ黒焦げになっているので細かいことは分からない。どうやら、あれがラインフォルト社が開発しているという新型魔導杖のようだった。

ロバーツが、がっくりと肩を落としてティオに話しかけてきた。

「僕も騒ぎを聞きつけて飛んできたんだよ。そうしたらもう、こんな状況になっちゃって……」

「ボクじゃないっつーの！」

ロバーツの声を遮るようにして、ヨナが叫んだ。

「システムには最初からウイルスが仕込まれてたんだよ！　……っつーか、あれはどう考えてもウイルスなんかじゃねーよ。あらかじめ暴走するよう装置自体に何らかの仕掛けが組み込まれてたんだ！　それで、ヤベって思ってたらこいつらが来てさ……」

捕まった、ということなのだろう。ティオはひとつため息をつき、ヨナに尋ねた。

「……ヨナ。あなたはどうしてここに？　仕事があったハズでは？」

それは、と言って口ごもる。マルセルが不機嫌な表情を崩さずに言った。

「彼の所属部署に確認しましたが、トイレに行く、と言って抜け出していたそうです。そして、我々の研究室に無断で侵入したと」

「カギが開いてたんだよ！」

「……カギが開いていたからといって、勝手に入っていいというわけではありません」

脱力した様子で、ティオが言う。それを聞いて、ヨナはそっぽを向いてしまった。

状況はだいたい把握した。しかし、ティオにはいくつかひっかかることがあった。

まず、ヨナがいくらイタズラ好きとは言え、今回のように突発的な犯行に及ぶことはあまりない。どちらかというと用意周到に準備をし、細工に凝ってイタズラをしかけるタイプだ。それゆえに大がかりになり、結果として被害も大きくなってしまうのだが。

それに、ラインフォルト社の研究室が、どうやらかなり無防備な状況にあったことも気になっていた。帝国の軍需産業の一翼を担うラインフォルト社は会社規模も大きく、機密事項に関する情報が扱われることも多いため、管理は徹底しているはずだ。所属する研究員・開発者も有能ぞろいである。マルセルも、言動がいちいち引っかかるが、彼が優秀な人材であろうことは、ティオにも分かっていた。その有能な集団が、これから起動実験をするデバイスを放置して、しかもカギもかけずに、さらに言うならばひとりの監視者もつけずにその場を離れる……あまりにも不自然すぎた。これがもし偶然というのなら、万にひとつもない偶然だ。

そんなことをティオが考えていると、マルセルが口火を切った。

「考えたくはありませんが、彼がどこかから資金提供を受けた企業スパイ、という可能性もある」

「……！」

ティオが驚いて目を見開く。しかしマルセルは、さもありなん、という表情で続けた。

「聞けば、彼はかつて導力ネットワークの破壊行為によって財団に多大な損害を与え、クロスベルへ逃亡したというではありませんか。その件といい今回の件といい、まるで何者かの意志によって妨害を仕掛けているように見えますがね」

「バッ……そんなんじゃねーよ！　ボクは情報で金は取るけど、ぶっ壊すためには……」

「君は黙っていたまえ！」

ヨナの反論を、ピシャリと叩きつけるような言葉で遮る。

「今回の件、ラインフォルト社としては正式に研究所に抗議せざるを得ません。しかも、かなり厳しい態度で」

まるで役者がセリフを読み上げるように、よどみなく言葉を紡ぐマルセル。

いや、実際に用意したセリフなのだろう――とティオは直感した。

そもそも、すべて都合が良すぎるのだ。昼休みでもないのに鍵もかけられていない無人の研究室、『たまたま』設定され準備段階にあったデバイス起動試験。そこにフラフラと入り込んだ、ヒマをもてあました過去に傷のあるハッカー。

すべてが仕組まれていたとしたら。彼らはなんの目的でこの茶番をお膳立てしたのか？

「あ、あのぅ……」

ロバーツが、額に浮かべた汗をかきつつマルセルに問いかける。マルセルは、まるで虫を見るかのような目でロバーツを見やり、吐き捨てるように言った。

「これは責任問題ですよ、ロバーツ主任」

苦虫をかみつぶしたような表情をしていたが、その目は違った。これは、弱い者いじめをして楽しんでいる目だ。かつていやというほど対峙したその目を見て、ティオは嫌悪感を新たにした。

「これほどの重大な過失事件となれば、あなたもただでは済まない。覚悟をしていただきたい」

その言葉に、ロバーツが哀れなほど汗をかき、身体を小さくする。

「そ、そこをなんとか！　ヨナ君も、悪気があってやったわけではないと思いますし……」

そんな言い訳をしたところで、まったく意味はない、とティオは言いかけてやめた。ロバーツもそんなことは百も承知だろう。だが、それでもなお擁護せざるを得ないのだ。

「……そもそも部屋を無防備な状態で放置していたのは、そちらでは？」

ティオが反論を試みる。だが、それすらもマルセルの中では織り込み済みだったようだ。

「なるほど、確かにこちらにもプラトーさんのおっしゃるような非はあります。……ですが」

マルセルは、わざとらしくヨナをにらみつける。

「鍵をかけ忘れたから、泥棒に入られて好き放題されても仕方がない。泥棒は無罪放免……そんな法は、どこの国も採用はしていません。違いますか？」

「だからボクはドロボーなんかじゃ……！」

「ヨナは黙っていてください。話がややこしくなります」

「なんだと……！」

色めきだつヨナを、ロバーツがなだめようとする。

「ま、まぁまぁヨナ君、ここはひとつ穏便に……」

「こっちはケンカふっかけられてんだぞ!?　大人しくなんかできっこねーよ！」

案の定、ヨナの怒りの矛先はロバーツに向けられた。どうしてこうこの人は、やっかいごとを拡大するのだろう、とティオは内心でため息をついた。

「ケンカ、とは聞き捨てなりませんね。我々は被害者なんですよ」

ヨナのうかつなひと言は、さらなる延焼を招いたようだ。

「ふざけんじゃねーよ！　人を勝手に犯人扱いしやがって！　だいたいボクはやってねーっ

てずっと言ってるじゃんか！」

「君の言い分などは聞いていない！　元脱走者で後ろ暗いところがあるハッカーの証言など、取り上げるに値するとでも言うのかね？」

相手を射殺《いころ》さんばかりににらみつけるヨナ。その視線を冷徹な表情で受け流すマルセル。事態は膠着している。どちらかが折れない限り、この話は決着がつかない。そして、ラインフォルト社側が折れる可能性は万にひとつもなかった。

この危機的な状況をどうにか覆せないか？　ティオはずっと考え続けていた。だが、よいアイデアは出なかった。あらゆる状況が、ティオたちに不利に働いていた。

「……何も我々は、あなたがたといたずらに対立したいわけではない」

それまで厳しい表情をしていたマルセルの顔が緩んだ。

「我々も鬼ではない。もとより、ヨナ君とロバーツ主任に責任を取っていただいたところで、失われてしまった実験結果が戻ってくるわけではありませんし」

チクリと皮肉もこめつつ、あくまで優しい声色で話す。だが、ティオは知っている。これは相手にトドメを刺す前に、舌なめずりをしているのだと。

「我々は、魔導杖に関する実験をしていました。残念ながらそれは無に帰してしまったわけですが……」

やはり来た。マルセルは取引をするつもりなのだ。今回の過失の責任を取るという形で、ティオやロバーツに無理難題を要求するつもりだろう。

いったいどんな要求なのか？　もし万が一、ティオやロバーツにラインフォルト社への移籍を迫るようなことがあれば……そう想像して、ティオは背筋が寒くなるのを感じた。

「我々としても、代替の技術があるなら、それに越したことはない」

ティオが考え事をしている間にも、ロバーツは話を進めていた。だが、それはティオの想像とは少し違っていた。

「あなたがたの持っている魔導杖に関する技術の開示をしていただければ、特別に許しましょう。なんと言いましたっけ……《エイオンシステム》、でしたか。特にあのシステムは興味深い」

思わずティオは絶句した。まさか《エイオンシステム》を要求するとは、想像だにしていなかったからだ。どうしたものか、と考える間もなく、横でロバーツが大きく息を飲んだ。おずおずとマルセルに声をかける。

「あ、あのう、さすがにそれはちょっと……」

「渡せないというのですか？」

マルセルの声色が再び厳しいものに変わる。いや、さっきよりも鋭さを増していた。

「これだけの事態を起こしておきながら、まだご理解いただけない、と？」

険しい表情のマルセルは、その顔をロバーツに近づける。気圧されたようにロバーツが後ろに下がるが、マルセルは構わずさらに一歩前に詰め寄り、唾を飛ばさんばかりの勢いで怒鳴りつけた。

「いいですかロバーツ主任！　事と次第によっては、一企業だけの問題ではない！　外交問題にすら発展しかねないのですよこれは！　我がラインフォルト社は、帝国軍に多くの物品を納入している！　その情報をスパイしたとなれば、その少年は国際法に則り我が国に連行した上で射殺だ‼」

穏やかではない言葉が出てきて、さすがのヨナも顔を青ざめさせた。ティオも、脅しだろうとたかをくくっていたが、彼の剣幕を見て本当にヨナを帝国に連れて行きかねないと思いはじめていた。

一番たまらないのは、怒鳴られているロバーツだ。耳元で騒がれているので言葉の意味がどれだけちゃんと受け取れたかはわからないが、刺激的な単語の羅列と、なにより高圧的、というよりも恫喝まがいのマルセルの行動に、顔色は青色を通り越して真っ白になっていた。

そんなロバーツに、トドメとばかりにマルセルが怒鳴る。

「《エイオンシステム》を渡せばすべて許してやるというこちらの温情が分からないのか⁉　渡して楽になるか、渡さずにお前達全員首になった上で帝国に連行されるのと、どっちがいいんだ⁉」

「わ、渡します、渡しますっ！　《エイオンシステム》の情報をお渡ししますっ！　だ、だからっ、銃殺だけは勘弁をっ！」

マルセルのあまりの剣幕に、ロバーツはつい反射的に答えてしまっていた。

「主任……！」

ロバーツの言葉に、ティオが慌てる。《エイオンシステム》の情報を渡す——それが意味することを、主任は分かっているのだろうか？

「だ、だってティオ君、銃殺だよ⁉　僕たち死んじゃうんだよ⁉」

「それは、マルセルさんが言っているだけです。ちゃんと司法の場で争えば……」

そこまで言いかけて、マルセルが勝ち誇ったような笑みをしていることに気づいた。

「ちなみに、我が社が抱えている弁護士チームは大変優秀でね。国内法だけでなく、国際法にも明るい。万にひとつも勝ち目はないと思うが？」

その言葉に、ティオは押し黙るしかなかった。優秀かどうかはともかくとして、ラインフォルト社ほどの大企業なら、確実にお抱え弁護士はいるはずだ。兵器産業などという仄暗い世界と隣り合わせの会社なら尚更のこと。そしてその優秀さも折紙付きだろう。しかもこの場合の優秀さとは、弁護士として優秀なだけではない。何故か証人が謎の失踪を遂げてしまうような事態をも作り出せることを指しているのだ。

死にたくなければ、ティオたちはマルセルの要求を受け入れるしかない。他に選択肢はないのだ。

「話はついたようですね」

マルセルが勝ち誇ったような笑みを浮かべてふたりに話しかける。

「……自分の研究がフイになったというのに、とてもうれしそうですね。」

「ええ、もちろんうれしいですよ。我々としても、あなたたち魔導杖の先駆者と事を構えたくはなかった。笑顔になるのは当然です」

皮肉も、綺麗に受け流されてしまった。

ロバーツが、おずおずと話しかける。

「あの、情報を開示すれば、本当にヨナ君は不問に……」

「もちろんです。この研究室の室長として、確かにお約束しましょう」

「あ……ありがとうございます！　では、《エイオンシステム》の情報を開示するということで」

「はい、よろしくお願いします」

ロバーツは安堵した表情で、マルセルはこれ以上ないほどの満面の笑みで。お互いに手を差しだし、握手を交わす。

「そうだ。プラトーさん、あなたに証言者になって欲しい。確かにロバーツ主任は、情報の開示を許諾してくださったと」

マルセルの無駄に明るい声に、ティオは心底イラッとした。

†

それから数日後。

ティオとヨナは、ロバーツの主任室に来ていた。ここはロバーツが研究所内で仕事を行う場所だが、研究室にほぼ入り浸りなので、あまり使われることはない。従って、ティオとロバーツのお茶飲み場となっていた。そこに今日はヨナも混じって、三人でお茶をしている。

「……で、結局開示はしたものの……」

お茶をひと口飲み、ティオはつぶやいた。温かいお茶は気持ちをほっこりとさせる。だが、今のティオはお茶の味よりも大事なことがあった。

《エイオンシステム》の情報開示の件である。

お茶代わりに炭酸飲料を飲んでいたヨナが、やや気の抜けた答えを返した。

「……まさか、あんなことになるとはなぁ～」

確かに、ロバーツは《エイオンシステム》に関する情報を開示した。しかし、嬉々として『それ』を受け取ろうとしたマルセルたちは、困惑の表情を浮かべた。

そもそも、エイオンシステムとは、魔導杖と術者を繋ぐためのインターフェースの総称である。魔導杖に流れ込んでくる情報を術者に伝えるためのシステムなのだ。といっても、この『術者に伝える』がくせ者である。高価なクオーツや複雑怪奇なオーブメントシステムを組み込んだ魔導杖が処理できる情報は膨大だが、その情報を受け取るべき術者＝人間には膨大すぎて捌ききれない。だが、特殊な術者であるティオには可能である。ズバ抜けた感応力を持つティオなら。つまり、エイオンシステムとは、ティオという存在があってはじめて意味をなす――逆に言えば、それ単体ではただの機能のひとつだったのだ。

それをマルセルたちは、ティオたちが開発に携わっている魔導杖が持つ機能すべてを総称して《エイオンシステム》だと思いこんでいた。《エイオンシステム》という名の巨大なアーキテクチャがあると勘違いしていたのだ。

当然、彼らはエイオンシステム以外の情報開示も迫り、同時にロバーツやティオに対し、技術協力をするよう申し出た。しかし、これに対してロバーツはとんでもない返答をしてしまったのだ。

『あの……開示するの《エイオンシステム》だけでしたよね？』

「……主任も、とんだタヌキですね」

ティオが、いつものジト目でロバーツを見る。言われたロバーツは、美味そうに飲んでいたお茶を口から離し、ティオにいつもの困り顔を向けた。

「タ、タヌキ？　僕がかい⁉」

「いいんです。今回のタヌキっぷりで、少し主任のことを見直しました」

エイオンシステムのことを言い出したのは向こうの方である。ティオは最初から、彼らの水準に扱える代物ではないと分かっていた。ロバーツも同じだろう。

だが、彼はそれが奪われてしまえばすべてを渡してしまうのとイコールだ、と見せかけた。一芝居打ったのだ。

当然、マルセルはこれに対し烈火のごとく怒り、反論した。我々の被った損害を考えれば、すべての情報を開示して当然である、とか、これでは詐欺ではないか、とか。

それに対してティオは、言い放った。

『わたし、ティオ・プラトーは証言者として、ロバーツ主任が《エイオンシステム》の情報開示をすること、それ一点のみしか明言していないことをここに証言します』

そのひと言を聞いて、マルセルは絶句した。ティオを証言者として任命したのは、他ならぬマルセルである。その彼女の証言を否定することは、道義上できない。

「アンタも大概じゃねーか」

炭酸飲料を瓶からラッパ飲みしながら、ヨナが呆れた様子で言う。いささかムッとした表情で、ティオが反論した。

「……隙を見せたのは相手の方です。わたしを証言者に、などという無駄なひと言を言わなければ、こんなことにはなりませんでした」

つまり今回の一件は、勝利を確信し、油断していた相手が見せた隙に綺麗につけ込み、みずからの落ち度と敗北を演じたロバーツの逆転勝ちというわけだ。しかも皮肉なことに、マルセルはロバーツの言葉の裏づけを、ロバーツ側の人間であるティオに保証させてしまった。策士、策に溺れるとはこのことである。

とはいえ、かなり薄氷を踏むような状況であったことは確かだ。あの状況下で、見事な演技で華麗なる逆転の一手を打ったロバーツは、やはり並みの頭脳ではない、とティオは彼のことを見直していた。

それに、と言って少しうきうきとした口調でティオが続ける。

「本当にトドメを刺したのは、主任の言葉ですしね」

ティオをして『トドメ』と言ったのは、以下のようなものだった。

†

「アーキテクチャの開示、ですか？　あのー、どうしてそれが必要なのですか？」

マルセルから情報の開示を求められ、まず最初にロバーツが言ったのがこの言葉だった。

マルセルはあきれたように反論する。

「どうして、ですと!?　そもそもそれがなければ……」

魔導杖は作れない――、と言いかけて止めた。その言葉を言うのは、彼のプライドが許さなかったのだ。そもそも彼は、頭脳の優秀さで出世したわけではなく、研究所という特殊な環境での権力闘争に特化して生き残ってきたに過ぎない。生粋の学者であり導力技術者であるロバーツとは、そもそも比べものにならないのだ。

そんな彼のちっぽけなプライドを、ロバーツはたったひと言で打ち砕いてしまった。

「だって魔導杖のひとつやふたつ、導力器の研究にたずさわっているものなら自分で作ってしまえばいいのでは……」

マルセルは思わず息を呑み、顔を真っ赤にして肩を震わせた。完全に侮辱された、と感じとったのだ。

「……ですが、我々の研究している、その、基本アーキテクチャと比較することで、より高度なシステムの構築をですね……」

恥辱に震えながら、マルセルはなんとか体裁を取り繕うために言葉を紡ぐ。しかし、その言葉をまたもロバーツは打ち砕いた。

「待って、待ってください。別のアーキテクチャと比較しても、意味なんかないじゃありませんか。思想が違うものを開発途中で取り入れることほど危険なことはありません。まず組み上げることはできなくなります。万が一組み上がったとしても、メンテナンスの煩雑さや機能拡張における制約など、デメリットが大きすぎます。マルセルさんほど優秀な人なら、そんなことすぐに分かると思いますけど」

まるで、デキの悪い生徒が、うかつなひと言で教授に延々とダメ出しをされているような状態だった。実際、マルセルは学生時代に幾度となくこのような目にあってきていた。

うつむいてしまったマルセルのことが目に入っていないのか、ロバーツは明るい調子で続けた。

「あのぉ、ちょっと疑問なんですが、マルセルさんほどの人が、どうして既存のアーキテクチャにこだわったりするんですか?」

「失礼する‼」

マルセルは限界だったのか、もの凄い勢いでドアを締め、ロバーツの研究室から出て行ってしまった。残されたのは、事情がまったく飲み込めない様子のロバーツただひとりだった。

†

「……ということがあったそうです」

「うわ、キッツー！　『人に頼るなんてお前ってサイテーの無能野郎だな』って言ってるようなもんじゃん！」

「……主任、鬼ですね」

　ヨナがケタケタと笑い、ティオが微かに微笑む。華麗なる逆転劇を見せた上で、相手にトドメを刺して抗戦の意欲を奪う。《エイオンシステム》によって、エプスタイン財団の魔導杖開発チームが、ラインフォルト社のそれとは比べものにならないほどすごいことを見せつけておいて、先のひと言である。これ以上ない、というパーフェクトな勝利だった。ロバーツも、さぞや溜飲を下げたことだろう、とティオは思った。

　だが、そんなふたりの様子を見て、ロバーツは慌てた様子で言った。

「いやいやいやいやいや！　本当にそんなつもりじゃなかったんだよ！」

　え、という表情で、ティオとヨナはロバーツを見る。

「《エイオンシステム》だけ情報開示してくれなんて言われて、ちょっとおかしいなーとは思ったんだ。だってほら、多分ラインフォルト社チームで開発している魔導杖はアーキテクチャが異なっているだろうし、それに無理矢理《エイオンシステム》なんて載せられないことくらい、研究者なら誰でも分かることだろう？」

　誰にとがめられているわけでもないのに、言い訳のように一気にまくし立てる。ヨナがややあきれた様子で、ロバーツに尋ねた。

「あのさ、アーキテクチャが異なるとか以前のレベルで、あいつらとボクたちじゃ格が違いすぎじゃん。エイオンシステムなんてぜってー使いこなせないって分かってたし」

今度はロバーツが驚く番だった。

「そ、そうなの？　ホントに!?　うーん、そうなのかなぁ……」

そう言いながら、ロバーツは腕組みをして考えこんだ。

「いやぁ、僕なんて研究者としてはまだまだだよ。だから勉強のために、マルセルさんが開発している魔導杖をぜひ見せて欲しいって前からずーっと言ってたぐらいだよ？」

つまりロバーツは、策謀を巡らしたのではなく、純粋に導力学者として発言していただけなのだ。しかも、自分の真の実力を知ることなく。

「……なんつーか」

「はい……本当にごくわずかですが、マルセルさんが哀れに思えてきました」

呆れてつぶやいて、ヨナとティオはそれぞれ飲み物を口にした。ひとりロバーツだけが、まったく分からない、といった感じで、ふたりを交互に見ていた。

温かいお茶でほっこりとしながら、ティオは心のメモ帳に書いていた。

天然は最強で、タチが悪いです、と。

「ところでその《エイオンシステム》の技術資料ですが……結局どうなったのですか？」

「それがさぁ～、聞いておくれよティオ君！」

ロバーツはさんざんな目にあったようで、ティオにすがりつかんばかりの勢いだ。その様子を見て、ティオはいつものジト目になった。

「……ウザイので聞きたくありません」

「ああっ！　ごめん、ごめんよティオ君、ちゃんとマジメに話すから！　だから……機嫌なおして、ね？」

いつものティオとロバーツのやりとりを見て、ヨナがやれやれ、といった様子で肩をすくめた。

「あの後、さすがに事が事だけにちゃんと上層部に報告したんだ。そうしたら、エラい人達の間で揉めちゃったらしくて」

《エイオンシステム》の情報をなかば恫喝で引き出したことについて、エプスタイン財団はラインフォルト社に正式に抗議。ラインフォルト社の社内調査チームが直々に乗りこんで来て、情報収集を行った結果、ウイルス騒ぎも研究室をわざと開けていたことも、すべてマルセルが独断専行で行ったことで、まったく進まない魔導杖開発に焦って一芝居打った、という結論が出た。

結局、マルセルはこの一件の責任を取り即日解雇れ、帝国へと帰された。

「マルセルさんは確かに怖い人だったけど、悪い人じゃないと思ってたから、ショックだよ……」

マルセルに脅されたというのにあまりにお人好しなロバーツの発言に、ティオはがっくりと肩を落とした。

「……主任、あの人のせいでクビにされかかったこと、忘れたんですか？」

「いや、まあそうなんだけど……あはは」

頭をかきながら、ばつが悪そうに笑うロバーツ。

ロバーツ自身も、当然だが責任問題に発展した。いくら脅されていたとはいえ、《エイオンシステム》という重要機密を上層部の許可無く漏洩したことは重大な過失だったからだ。

だが、導力ネットワークの責任者として代わりの人間が簡単には見つからないことと、ティオやヨナが事情を説明したことにより、情状酌量の余地があると判断され、数ヶ月間の減給という異例の軽い処分で済んだのだ。

「いやぁ、ティオ君やヨナ君が証言してくれたと聞いた時は、本当にうれしかったよぉ～！」

そう言いながらニコニコするロバーツ。その笑顔を見つめながらティオは、

『今さら新しい上司が来て、その人と人間関係を一から構築するのはめんどくさいです』

という思惑でロバーツをかばったことは黙っておこう、とそっと心の中で決めたのだった。

「まあ、結果としては」

ティオはそこで言葉を句切り、お茶をひと口、ずずーっとすする。ほぅ、と味を堪能してから続けた。

「ヨナと主任に大きな貸しがひとつずつできた……ということですね」

ヨナの抗議の声を右から左に聞き流しつつ、ティオはお茶を飲み干した。

エリィの章

あの日から、私の世界には色がない。父が家を出た後、母が実家である帝国の地方都市に戻っていった日から。

母が私をクロスベルに置いていくと言い残し、私はそれを素直に受け入れた。父がいなくなってからの母は子どもの私から見てもつらいほど疲弊していたし、このままでは本当に「ダメになってしまう」と思ったから。

でも、おじいさまの家に連れてこられたあの日から、私の世界には色がなくなってしまった。そう、本当に色がないのだ。

色鮮やかに咲いていたマリーゴールドの花も、毎朝お手伝いさんが入れてくれる紅茶も、見上げる度に晴れやかな気分になるはずの空も、すべてがモノトーン。

でも、別になにも不都合はなかった。文字は読めたし、ご飯も食べられる。ただ、世界に色がない、それだけだ。

お医者様に見てもらおうかとも思ったけれど、家に来たばかりでおじいさまに迷惑をかけるのもどうなのかと思ったので、控えておいた。

ただひとつ不都合があるとしたら、おじいさまに花や絵画を指し示されて、ごらんエリィ、美しいだろう？　と問われた時だけ。色がないというのは、これほどまでに味気なく、美しさというものをはいでしまうのかと思えた。でもそれもすぐに「ええ、おじいさま」と言えば問題はないのだと気づいた。

そうして私は日々を暮らしていた。ただ、ひとりきりのモノトーンの世界の中で。

†

我が家の地下には、代々の当主とバトラーしか知らない、秘密の部屋がある。

ワインセラーの奥にある隠し扉を抜けた先にあるその部屋は少々かび臭いものの、不思議と落ち着く空気があった。

導力ランプのほのかな明かりにぼうっと照らし出されたその部屋の壁の一面には本棚が並び、いつの時代のものとも知れぬほど古めかしい本が並ぶ。反対側には、フラスコやアルコールランプ（導力を使わない、とんでもない年代物！）が並び、まるで実験室のような様相だ。

そう、ここは実験室だった。錬金術の。

クロイス家の代々の当主は、次の当主に錬金術の秘技を教える。そうして何世代にもわたって秘技を受け継ぎ、常人が一代ではたどり着けない高みに至るのだ。

そして私、マリアベル・クロイスも例に漏れず、錬金術の秘技を学んでいた。

最初は父、ディーター・クロイスから教えられた。錬金術の基礎の基礎。物質・触媒・変化・錬成……これらを私はあっという間に理解してしまった。父は私を天才だと褒めそやした。

そう、確かに私は天才だったのだろう。現に、父の教えではすぐに満足できなくなり、自分で本棚に埋まっていた書物を取りだし、読みふけるようになった。こうなっては、父の出番はない。私は夜な夜なひとりで、秘密の地下室に籠もるようになった。

残念ながら、父は天才ではなかった。いや、錬金術の才能においては凡庸以下と言ってもいい。でも父は商売人としての才覚は充分以上にあった。錬金術を学びながらも、導力革命の機運をすぐに察知し、自身が持てる金銭と人材をそこに投入した。おかげでクロイス家は父の代で一気に繁栄し、私はこうしてなんの苦労もなく暮らすことができる。

それに父は私を愛してくれている。普通の父娘の関係以上に愛情を注いでくれていることは、買ってもらえるドレスの数や、受けた教育の質・量を見てもあきらかだった。おかげでこうして、子どもとは思えないほど大人びた思考もできるのだから。

ただ、それと錬金術の才能は、まったく別だ。そしてクロイス家当主に本当に必要なのは、その父が持ち得なかった才能であることも、また。

本棚に詰め込まれた書物を読みあさり、気づいたことがある。書物に書き込まれたメモの数々。あるいは、何代か前の当主がまとめたであろうノートに、さらに別の当主が注釈を書き加えたもの。その内容は様々であったが、彼らの想いは共通していた。

高みへ。遙かなる高みへ。

父が最初に言っていた『クロイス家の使命』。しかしそれを実感したのは父の言葉ではなく、この秘密の部屋にため込まれた、膨大な先代たちの執念すら感じる記録からだった。

そして彼らがその高みを目指したのも、よく分かる。現実とはなんともつまらなく、人々はなんとも愚かしい。もちろん彼らは優しく、温かく、愛すべき存在なのかもしれない。しかし人は時に度しがたいほど愚かで残酷だ。彼らにつき合い続けていれば、永遠に地べたを這いずり回り、遙かな高みなど目指しようもない、と最近強く思うようになっていた。

……なんてことを日々考えているけれど。こんなこと、誰にも言えっこない。言ったところで大人たちは怪訝な顔をするだけだし、ましてや同じ年の子どもたちには、理解もできないだろう！

だからといって、それをとがめるつもりはない。彼らには無理なのだ。それが現実。

ただ、時々無性につまらなくなる。この世界に、私の心をときめかせるものは、錬金術以外には何もないのだと思い知ることが。

†

おじいさまの誘いで、パーティーへとやってきた。

「同じ年の子どもたちも来る。友だちができるかもしれない」

おじいさまはそういってくれたが、あの子たちは私などには興味がないようだった。

そんなものだ。私だって、見ず知らずの子がいきなり来て「友だちになりなさい」なんて言われても困ってしまう。

特にその子が、ただ黙って困ったような笑顔を向けるだけなら、なおさらだ。

結局その子たちは私と二言三言かわしただけで、すぐにどこかにいってしまった。

「今日もごきげんとり」

などと言っていた気がするので、お小遣いをくれるようなお金持ちのおじさんでもいるのだろうか。

私はひとりで壁際に立ち、料理を少しずつ食べていた。たぶんおいしい料理なのだろうが、なにせ色がついていないので、気分的には炭でも食べているような感じだ。

たまに優しげな若者や、世話好きなおばさまが声をかけてくれるが、私が名乗ると、その髪の色を見て、わずかに眉をひそめたり、口角が微妙に上がる。そしてすぐに、「ひとりでつまらなくないかい？」とか「パーティーを楽しんでいってね」などと当たり障りのないことを言って立ち去るのだ。

こういう時、私はいやでも自分の生まれを考える。現クロスベル市長の孫であり、失脚し国を追われた元政治家の娘。それがこの場での私であり、エリィというひとりの女の子のことなど、どうでもいいのだと。

そんなことを考えていたら、食べていた料理がますます味がしなくなってきた。

もういいや、と食べかけのお皿を置き、私はきらびやかなパーティー会場を抜け出した。

廊下は部屋の中とは打って変わって静かで、人気のなさと相まってとても居心地のよい空間だった。

でも、ちょっと広すぎて落ち着かないな。そう思いながら、廊下に据えつけてあったいすに腰掛ける。ようやく一息つけたような気がして、私はふう、とため息をついた。

†

うるさい。

私はそう心の中で吐き捨てた。

パーティー会場はにぎやかを通り越してただ騒音を垂れ流すスピーカーのようだった。

部屋はゴージャスという意味を取り違えた花でかざられ、無駄に見栄えに凝った料理が大皿に並び、年甲斐もなくキラキラしたドレスを着飾ったおばさまたちがケタケタと笑う。

なんと醜悪な極彩色の世界だろう。

美しい花々も、きらびやかなドレスも、私にはなんの価値もない。極彩色の世界はただうるさく、煩わしい。なぜ静謐で美しいものがないのだろう。地下室にある結晶標本のように、単色でありながら、目もくらむような美しさを感じさせるものがないのだろう。

なんともつまらない世界だ。

そして私のまわりでおべんちゃらを並べ立てる、同じ年ぐらいの子どもたち。

彼らは親に言われて、私に取り入ろうとしているのだろう。それはさぞ効果的なのだろう。

私が天才でなければ。

なにせ私のお父親は、飛ぶ鳥を落とす勢いで成長を続けるＩＢＣ《クロスベル国際銀行》の総裁だ。

次々と伝統ある企業や商店を買収し、資金援助し、成長させる。その手法は新世代の寵児だともてはやされていた。そう、お父様はお金を稼ぐことにかけては天下一品なのだ。

そんなＩＢＣ総裁の娘に取り入ってコネクションを作り、恩恵にあずかりたいという人間は山ほどいる。

そして子どもには子ども同士の方が仲良くできるはずだ、と思いこむ。

なんと浅はかな思考だろう。

そうでなくても、子どもというのは演技ができない。「親に言われていやいやつきあっている」と顔に書いてあるようなものだ。そんな相手と話していて、気持ちがよいはずもない。いくら子どもだからといっても人をバカにしすぎている。

しかしそれでも彼らは必死だ。親に気に入られたいから？　おもちゃを買ってもらえるから？　事情は知らない。けど、私がそれにつきあう必要もまた、ありはしない。

「マリアベルちゃん、今日もキレイね！」

「ねぇマリアベルさん、今度ピアノを聴きにこない？　僕のお母様がとても上手でね。きっと気に入ると思うんだ」

「ずるいわ、私もマリアベルさんをおうちにご招待したいのに。ねね、私の家にはバラ園があるのよ！　色とりどりのバラがね」

私はすっと立ち上がった。彼らの口が止まり、視線が私の顔に集まる。その間抜けな顔を

ゆっくりと眺め回し、

「申し訳ありません。少々用事がありますので、これで失礼いたしますわ」

そう言って立ち去った。むろん、追ってくるものなどいない。ここで追ってくるような空気の読めない子どもは、私に取り入るなどという高度なことはできないからだ。

らんちき騒ぎを続ける会場から一歩廊下に足を踏み出す。会場への扉が閉まると、騒ぎも遠くさざめきのように聞こえてきて、これならかんに障ることもないな、と思えた。

それにしても、と廊下の真ん中で立ち尽くす。

「用事って、なんなのかしら」

そうひとりつぶやいて、クスリと笑う。そう、別に用事などないのだ。ただひとりきりになりたかっただけ。

廊下をゆっくりと歩くと、毛足の長いカーペットに靴が埋もれて、これはこれで悪くない感触だった。

わずかに香る、少し湿った臭いはこの建物からだろうか。古さの証だが、嫌いではなかった。むしろここは、秘密の地下室を思い起こさせる。

私は少し愉快になりつつも、急にあの地下室に行きたくなった。

しかしそのためには帰らなくてはいけない。さすがにパーティーはまだ中盤、お父様は今帰るわけにはいかないだろう。

なんとかひとりで帰らせてもらえないだろうか？　少し具合が悪いと演技をする？　いやしかし、そんなことをすればきっとお父様は私についてきてしまう。その程度には溺愛されていることを認識しているし、そのことがうれしかったりもするのだ。

そんな時に、きらり、と何かの輝きが目に飛び込んできた。

なんだろう？　一瞬だったが、とても美しく、それでいてけばけばしくない、透明感すら感じるようなきらめきだった気がする。

そう思いながら光を感じた方を見ると、一体の等身大の人形がイスに置かれていた。

まず目に飛び込んだのは、美しいパールグレイの髪。そして整えられた顔立ち。目を閉じるタイプの顔は珍しかったけれど、そういうタイプのドールも見たことがあったから別段気にならなかった。というよりも、あまりの美しさにそんなことなど気にならなかった。

けばけばし過ぎる極彩色の世界の中で、その人形だけがひんやりとした真珠の輝きをまとい、シンプルにして繊細な美しさを持っていたからだ。それは私の世界になかったもの。欠けていたものそのものだった。

私はふらふらと、その人形に吸い寄せられるように近づいた。近くで見ると、衣装もかなり良いものだと気づいた。決して華美ではないが、上等な生地が使われている。このドールの持ち主は、さぞ大事にしているのだろう、ということがわかる。

それにしても、と私はドールの顔にキスせんばかりに近づきながら思う。目を閉じているだけでこれだけ美しいのだ。目を開けたら、さぞ美しいのだろう、と。下手をしたら、恋をしてしまうかもしれないほどに。私の家には、お店が開けるほどのドールがあるけれど、かわいいと思いこそすれ、恋をしてしまうほどのものは未だお目にかかっていなかった。

そう、もしかしたらこれは、運命の出会いなのかもしれない。だとしたら、なんとしても家に連れて帰らなくては！　この家の主とお父様は懇意だったかしら？　いいえ、たとえ懇意でなかったとしても、連れて帰ってみせる！　そのためには手段など選んでいられない！

と、意気込んで鼻息を荒くしていたら。

すうっと、人形の目が開いた。

美しい髪の毛と同じ、真珠色の瞳。まるで生気を持ったかのような、理知的でキラキラとした瞳。

ああ、いけませんわ。

そう思った時にはもう遅い。私は、恋に落ちてしまった。

†

気づいたら、うとうととしてしまっていたらしい。人の気配というか、息づかいに気づいて目を開ける。ぼんやりとした頭で、目の前にあるものは何かと考える。

そこにいたのは、見事な黄金の髪の毛を持ち、驚くほど大きな瞳を持つ、可憐な女の子だった。

「あ……」

「……あ？」

「あなた……人形じゃ、ありませんの？」

女の子の第一声、その内容を理解するのに、少し時間がかかった。

「人形……？」

どこかに人形でもあるのだろうか。私がここに座った時には、なにも置いていなかった気がするけど。

「ごめんなさい、よく分からないのだけど」

ぽーっとしている様子の女の子を見て、ちょっと不安になってきた。

「あの……もしかして、あなたのお人形がここにあったのかしら？　見かけなかったけど……もしよかったら、一緒に」

探しましょうか、と言いかけたところで、彼女がガッと手を掴んできた。文字通り、ガッと。

「お名前は⁉」

「え？」

「お名前、なんと言いますの⁉」

「え……エリィ、よ」

マクダエルの名前を出そうかと少し迷っている間に、彼女がしゃべりだした。

「エリィ……ああ、なんと美しい名前でしょう！　気品がありながら愛らしく、まさにあなたにぴったりの名前ですわ！」

自分の名前をこんな風に褒められたことがなかった私は、うれしくなる前に驚いてしまった。おそらく目をぱちくりさせていたであろう私に向かって、彼女が続ける。

「私の名前はマリアベル。マリアベル・クロイスですわ」

「マリアベル・クロイス」

「ええ！」

クロイス、という名前に聞き覚えがあった。確かそれは、最近頻繁に新聞に出ていたような。

しかし、私が思考する前に、彼女の声に遮られてしまった。

「ベル、と呼んでくださいな」

「えっ」

「だって私たち、お友だちでしょう？」

いつの間にお友だちになったのだろう。ついさっき出会ったばかりだと思うのだが。

「さ、呼んでくださいな、ベルって」

「でも、マリアベルさん」

「もう、ベルですわ！」

ちょっと拗ねたように頬を膨らませる。さっきから見ているけど、驚くほど表情がコロコロと変わる子だ。そしてその表情どれもが生気にあふれ、まぶしいぐらいだ。黄金の髪の毛も、やや紅潮した頬も、彼女のあふれる生命力を表している。

と、そこで気づいた。

「色……」

色がついているのだ、彼女には。もしかして、とあたりを見回したけど、相変わらずまわりはモノトーンの世界だ。

「どうなさったんですの？　急にキョロキョロと」

そう言ってきた彼女をじっと見つめる。モノトーンの世界の中にひとりだけ、鮮やかに輝く色をまとった存在を。

そこで私は忘れていたことに気づく。

ああ、色があるということは、こんなにも素晴らしく、美しいのだ、と。

†

急にあたりを見回していた彼女が、私をじっと見つめる。

そのまなざしに、ドキリと胸が高鳴る。

ああ、エリィの瞳は光の当たり方で緑がかって見えるのだな、などと、どうでもよいことを考えていた。

(それにしても……なんと美しいのでしょう。これこそまさに、私が求めていた美、そのものですわ！)

ここまで私をときめかせてくれる人がいることが、ただ純粋にうれしかった。

彼女に見とれていた私にかわって、エリィがつぶやく。

「忘れてた……」

「え？」

「ううん。あなたがとても綺麗だなって」

そう言って微笑んだ彼女の笑顔は、それはもうとびきりで。

いても立ってもいられず、気づいたら私は彼女を抱きしめていた。

「ちょ、ちょっと、あの⁉」

「エリィ～！」

「あ、あの、マリアベルさん、その、こういうの、恥ずかしい……」

耳元でもじもじと言う彼女の声がこそばゆく、私はさらに強く彼女を抱きしめる。

「ベル、と呼んでください！」

「あの……」

「ベルと呼ばない限り、離しませんわ！　ふふふ……！」

そう言って私は笑う。心から笑ったのは、いつ以来だろう。

「……わかったわ。お願いだから離して、ベル」

エリィが私の愛称を呼んでくれたことを確認して、抱きついていた身体を離す。でも、今度は手をしっかりと握りしめた。

少し戸惑ったような顔をしているエリィに、私はにっこりと微笑みかけた。

「それじゃあまずは、お父様にご紹介しますわ！」

「え……あっ、ちょっと！」

エリィの返事を待たずに、彼女の手を引く。あの騒がしいだけのパーティー会場も、彼女といれば全然平気だ。

私は空いているもう片方の手で、パーティー会場への扉を開けた。

†

彼女に手を引かれ、パーティー会場へと舞い戻る。

やはり世界はモノトーンだったけど、そこにひとり、色をまとった少女がいる。

エネルギッシュで、表情豊かで、かなり強引で。

私が色を無くしてしまってからはじめてできた、お友だちだ。

†

日曜の朝。朝食を手早く済ませたエリィは、お手伝いさんに見送られながら家の玄関を出た。そこへ弾んだ声がかかる。

「エリィ！」

門の向こうで、金髪の巻き毛の女の子が、振り切れんばかりに腕を振っている。そんな彼女がおかしくて、ついクスリと笑いながら、小走りに彼女の元へと駆け寄る。

「おはよう、ベル」

「もう、待ちくたびれてしまいましたわ。エリィってば、じらすのがお上手ですわね」

「そんなつもりはないのだけど……」

ベルと呼ばれたのは、マリアベルだ。日曜の朝とは思えないハイテンションな彼女にやや気圧されつつ相づちを打ちながら、エリィは教会への道を歩き出し、マリアベルも横に並んで続いた。

パーティーでの出会いから、ふたりは親友となった。正確に言うと、マリアベルが一方的に親友呼ばわりしていたのだが、友人として少し接した時点で、エリィの方も驚くほど自然にそのことを受け入れるようになっていた。

「エリィ、今日学校が終わったら、少しお出かけしません？」

「今日はダメよ。おじいさまが早く帰ってくる日だから」

「えぇ～!?」

不満そうに頬を膨らませるマリアベル。年頃の少女らしいしぐさだが、彼女がこんな表情を見せるのは、エリィの前でだけだ。

「その代わりといってはなんだけれど。うちでお昼を食べていかない？」

「よろしいんですの!?」

「ええ」

「喜んでお招きにあずかりますわ！」

そう言ってエリィの腕に自然と自分の腕を絡めるベル。エリィは少し驚いてベルに抗議をした。

「もう、ベル」

「急に腕を組むな、でしょう？　ですが、許可を取ろうとしてもエリィは許してくださらないんですもの」

マリアベルがエリィに顔を近づけて甘えた声を出す。エリィからするとちょっとスキンシップが過剰すぎるのではないか、とも思うのだが、マリアベルが言うには『親友ならこれぐらいは当然のこと』らしい。

そう言われてしまうと黙るしかない。なにせ、エリィは親友と呼べるほど親しい友人をこれまで持ったことがないのだから。

現市長の孫娘という立場がそれをなかなか許さなかったのもある。だが、すべてを家庭環境のせいにしてしまえるほど、エリィは幼くも愚かでもなかった。一番大きな要因は、一定以上の関係になると壁を作ろうとしてしまう自分自身のせいだと、知っていたからだ。

それはマリアベルも同様だった。もっとも、彼女の場合は基本的に自分以外の人間は付き合うに値しない、と思っていたところがあるので、寂しさなどはまったく感じてはいなかった。ただ、つまらないとは思っていたらしい。現にこうして、自分が心から親友と呼べる存在を持った途端に、毎日がこんなにもウキウキと楽しいのだ。だからスキンシップもちょっとやりすぎてしまうのだけど、それはそれで仕方のないことだ、とマリアベルは考えていた。

エリィの都合はあまり考慮していなかったが。

「うふふ……」

「どうしたの、急に？」

「私、毎日が最高に幸せですわ！」

マリアベルが突然言い出したことを、エリィは否定しなかった。ただ笑顔を見せ、少し歩きづらそうに教会への道を歩いていた。

†

礼拝が終わり、授業の時間。

教会に併設された教室には、十数名におよぶ生徒達が集まっていた。みな、このクロスベル市に住む子供達である。出自も様々で、エリィやマリアベルのようなよいところの子息から、クロスベル市内でお店を営む者の息子、他の国からクロスベルに赴任してきた企業に務める親を持つ娘、中には旧市街の近くからわざわざ来ている者もいた。

女神エイドスの恵みはあまねく人々に降り注がれるべき、という教えから、教会は日曜学校の受け入れについて特に制限はもうけなかった。そのため、こうして様々な階級の子供達が一同に揃うこととなる。

上流階級の一部には、私塾や家庭教師をつけることを選ぶ人々もいたが、エリィとマリアベルはふたりとも日曜学校に通っていた。

エリィの場合は、祖父ヘンリーの『垣根なく多くの人と交流すべき』という教育方針から日曜学校に通うようになっていた。マリアベルは、父ディーターが慈善事業の一環として多額の寄付を教会にしているから……というのもあるが、だいたいはエリィと机を並べて勉強したいから、である。

これほどバラエティに富んだ生徒達が集まるので、なかなか授業はうまく進まない事が多い。そのため、各自が自習をし、分からないところを教えあう形式が多くはなる。

「ですから、ここの代入式を、こう入れるんですわ」

「えっと……」

エリィとマリアベルは机を寄せて、算数の勉強をしていた。エリィが問題を解いているのを、マリアベルが覗き込む格好だ。といってもふたりがやっているのは算数と呼ぶには少々高度なものだったが。

「ここの数字が6だから、倍になって……xは12、かな」

「そう、正解ですわ！　さすがはエリィ！」

ほめそやすマリアベルをちょっと困った笑顔で見るエリィ。

「それじゃ、後は練習問題を解くわね。ありがとう、ベル」

「もうお教えしなくていいんですの？」

名残惜しそうに言うマリアベル。

「だって、私に構っていたら、ベルが勉強する時間がなくなっちゃうじゃない」

そういうとマリアベルは、甘いですわ、と前置きをして話し始めた。

「この程度の数式なら、目をつぶっていても解けてしまいますわ。今さらやるところじゃありませんもの」

さすがに目をつぶっては問題が分からないので解けないのではないだろうか、とエリィは心の中でつっこむ。

「でも、自習用にって持ってきてた本があったでしょう？」

そう言ってエリィは、マリアベルの手元にある本に目を落とした。分厚い本に『導力技術基礎概論』と書かれたそれは、明らかに子供が読むような本ではなかった。

「あぁ、これはいいんですのよ」

その本のページを少しつまみ、ほおづえを突きながらペラペラと興味なさそうにめくる。

「一応基礎もちゃんと勉強しておこうと購入したのですけど、だいたい分かってることでしたわ。まったく、読んだ時間を無駄にしてしまいましたわね」

その言葉を聞いてエリィは目を丸くした。導力技術と言えば、今や自分達の生活には欠かせないものだ。導力灯から鉄道まで、ありとあらゆるものを駆動させるチカラ。それが導力技術だ。それを基礎とはいえだいたい把握しているという。

「すごいわね……ベルは」

「え？」

「私も算数は不得意ではないと思ってたけど、ベルのはレベルが違うっていうか……ううん、私なんかと比べちゃいけないわよね」

「まぁ、レベルが違うのは確かですわね」

マリアベルは悪びれずさらりと言う。

「私ほど頭の良い子供が何人もいたら、世界はもうちょっとマシになってますわ」

その言葉には、なんの気負いも誇張もない。ただ、ありのままの事実を淡々と述べているだけ。エリィはマリアベルの、こういう物言いが出来るところが、自分と一番違うと感じていた。だからこそ、彼女にだけは嘘偽りなく自分の思ったところを話せるのだ。

「確かに。でも、私以外の人にそういうこと言うと、嫌われちゃうわよ」

「かまいませんわ。私はあなたただひとりに好かれれば、それで充分！」

そう言ってマリアベルは、右手でエリィの右肩をそっと抱いた。

「ちょ、ちょっとベル」

「さ、次はこちらの代入式に挑戦ですわ！　大丈夫、さっきの問題が解けたのなら、楽勝です」

あくまでべったりとコーチをするつもりだと分かり、エリィは小さなため息をついた。


自習の時間が終わると、シスターによる授業の時間となる。

この時間は、みなが席に座り、シスターの話を聞く。シスターの話は多岐に渡り、女神エイドスの教えから、歴史、社会、国語、時には音楽なども教える。今日の授業は歴史だ。

しかし今、教室内に響いているのはシスターの声ではなく、エリィの声だった。

「こうして、クロスベルは自治州として独立することが出来ました。そのために、時の自治州政府と、帝国と共和国の政治家達が連日連夜の討論を重ねました」

エリィが説明しているのは、クロスベル自治州の成り立ちだ。彼女にとっては最も得意とする分野であり、まさに立て板に水と呼ぶにふさわしい説明をしていた。

「なんでクロスベルのことを決めるのに、帝国と共和国の偉い人達が来ているか、分かる？」

「んーと……」

エリィは少し離れたところにいる、三歳ほど年下の男の子に声をかけた。と、その横に座っていた同じ年ぐらいの女の子が声をあげる。

「お隣だからに決まってるじゃない」

「そう。クロスベルは帝国と共和国と国境を接している。つまり、お隣でご近所よね。だから、決まり事を決める時も、自分達だけというわけにはいかないの」

エリィのかみ砕いた説明にそれぞれ納得した顔を見せる子供達。その様子を、シスターは満足そうに見つめていた。

そしてマリアベルもまた、感嘆しつつ眺めていた。自分なら、こんなにていねいな説明は出来ない。『分からない人間に分かるように教える』ことがマリアベルにとっては苦痛以外の何者でもないからだ。分からない人間に物を教えるなど、時間のムダだ。彼女はそう思って生きてきた。

しかしエリィは、分からない相手だからこそ、言葉を尽くして分かってもらおうとする。それは彼女の祖父が、そして父が政治家だということと関係しているのだろう。

エリィが分からない子供達に教えている様子を、マリアベルは女神エイドスのようだと思いながら見ていた。愚かで哀れな人間に慈愛でもって英知を授ける。エリィが聞いたら絶句して赤面してしまうので言わないが、マリアベルの中で、彼女の存在というのはそれほど大きかったのだ。

「ここから、クロスベル自治州の歴史ははじまったのだけど……えっとシスター、これぐらいでいいですか？」

「はい、ありがとう。みなさん、大変分かりやすい説明をしてくれたエリィさんに拍手を」

みんなからの拍手を照れくさそうに受けるエリィ。そんな彼女の恥じらう顔を見て、ああいう表情も最高ですわ、とマリアベルは思いながら、誰よりも大きな音で拍手をしていた。


日曜学校が終わり、エリィとマリアベルは、約束通りエリィの家へと向かった。

用意されたお昼ご飯はパスタで、トマトベースの味付けに海産物がふんだんに入っている。大皿にはサラダやフルーツなどが並び、彩りも鮮やかだ。

「エリィのおうちの家政婦さんは、本当に料理がお上手ですのね」

そう言ってマリアベルは、パスタに舌鼓を打った。その幼いながらも整った顔立ちからすると、ちょっとほおばりすぎではないか、とエリィが心配するほどである。

「我が家にヘッドハンティングしたいぐらいですわ」

「ヘッドハンティング？」

聞き慣れない単語に、エリィが首をかしげる。

「優秀な人材を引き抜くことですわ。お父様が使ってましたの」

マリアベルの家では、経営関係の用語が普通に飛び交っているので、こういう単語も自然とマリアベルの知識に蓄えられるのだ。

「勝手に引き抜かないで。おじいさまが困ってしまうじゃない」

そう言って笑うエリィ。しかし、マリアベルはエリィの手元にあるお皿を見て、食事があまり進んでないのを確認し、やっぱり、と内心でため息をついた。

エリィの食欲がないのは、彼女が小食だからではない。彼女が色を認識することが出来ないからだ。

といっても、目そのものが悪いわけではない。

ふたりが親友と呼べるような仲になったある日、エリィはマリアベルに、自分の秘密を打ち明けた。マリアベル以外がすべてモノトーンに見える、と。

マリアベルは彼女の（というよりも父ディーターのだが）あふれる財力とコネを使い、エリィを当代随一の眼科医に診せた。もちろん、秘密を厳守させる、という同意書付きで。エリィはそのことが祖父にばれることを、極端に恐れていたからだ。

『もしもこのことを知ってしまったら、おじいさまがとても悲しむ』

どうしてエリィはいつも自分以外の人ばかりを心配するのだろう、とマリアベルはやきもきしたが、その分自分がエリィの心配をすればいいのだ、と頭を切り換えた。

結局、眼科医による診断の結果は「目の機能にまったく異常はなし。おそらくは心因性のもの」とのことだった。心因性、と言われた時に、エリィはハッとした表情をうかべたが、詳しいことは教えてはくれなかった。

マリアベルは、薄々はそれが家庭の事情だろうとは気づいていた。現市長ヘンリー・マクダエルの息子は政治家だが、失脚し表舞台から姿を消した、という話は知識として後で調べた。そして、エリィの家には両親がおらず、親族は祖父だけ。これだけ材料が揃えば、誰でも分かることだった。

だが、彼女は詮索することはしなかった。自明なことを追求するのは時間のムダだし、なによりエリィが自分から話さないことをほじくり返すような、デリカシーのないマネはしたくなかったのだ。

「ベル？」

考え事で手が止まっていたのだろう。それまでパスタをほおばっていたマリアベルが急に動きを止めたので、エリィが心配になって声をかけたのだ。

そのちょっぴり不安そうな表情を見て、マリアベルは。

こういう表情も最高ですわ！　――そう思うのだった。

「あまりにパスタがおいしいから、どんなレシピなのか考え込んでしまいましたわ」

「あら、料理はしないんじゃなかったの？」

「できるけどやらないだけです。あんなのは、科学実験と同じですわ」

その言葉に、困った笑顔を浮かべるエリィ。そんな彼女のお皿に、マリアベルは強制的にサラダとフルーツを取り分けた。

「パスタだけでなく、サラダもフルーツも最高ですわよ。さ、エリィもお食べになって！」

「どっちの家に招かれたのか、わからないわね……」

苦笑するエリィを前に、マリアベルは今度はサラダに舌鼓を打った。

†

翌日。

エリィとマリアベルは、クロスベル市街の中心部で待ち合わせをした。ふたりでウィンドウショッピングに出かけるためである。

マリアベルはいつものようにぴったりとエリィに寄り添い、『腕を組む』というより『腕を絡めて』歩いていた。

「ベル、いつも言ってるけど、これって歩きにくくないかしら……」

「多少の困難も、愛には必要なスパイスですわ」

何で必要なんだろう、とか、愛ってそもそもなんだろう、と哲学的なことを考えながらエリィが歩く。と、その時、何者かの肩がぶつかってきた。

「きゃっ！」

「うわっ！」

ぶつかってきたのは、エリィとほぼ同じ年の女の子だ。オーバーオールと使い込まれ、つばの折れたキャップが、活動的な印象を与える。

「ご、ごめん」

「いえ、こちらこそ」

エリィと女の子は会釈しあった。と、女の子の横にいる、少し優男風の少年が茶化す口調で言った。

「ちゃんと前見て歩かないと危ないぞー」

「隣でガンガン話しかけてきたのはどこの誰よ！」

女の子がいきなりまくし立てたので、エリィは面食らってしまった。その様子を見かねて、優男風の隣にいた少年がフォローに入る。

「ごめん、気にしないで。ところで、ケガはない？」

「あ……平気、です」

　この少年も、自分と同じ年ぐらいだろうか。栗色の髪と柔和な表情は柔らかい印象を与えるが、瞳に力があり、不思議と目がいってしまう。

「ちょっと、いきなりぶつかってきて失礼じゃありませんこと⁉」

　隣で様子を見ていたマリアベルが、これ以上ないほどトゲトゲしい口調で言い放つ。ちょっと、とエリィが止める前に、その少年は深々と頭を下げた。

「本当に、ごめん！」

　自分のことじゃないのに、こんなに素直に謝るなんて、とエリィはちょっとズレたところに感心していた。

「ほら、ウェンディも謝って」

「ごめんね、本当に」

「すみませんね」

　ウェンディと呼ばれた女の子が、済まなさそうに頭をかきながら謝る。そして、隣の優男風の少年もそれに続いた。

「あ、ううん。気にしないで」

「まいりましょう、エリィ」

そう言ってマリアベルは、ぐいぐいとエリィを引っ張っていってしまった。

「ベル、そんなに引っ張らないで」

抗議の声をあげるエリィの言葉も耳に入らない様子で、マリアベルはつぶやいた。

「汚らわしい男に、しかもあんな頼りげないのに見とれるなんて……！」

「え？」

「なんでもありませんわ！　さ、エリィ。早くドールショップにまいりましょう！」

気分を変えるために、マリアベルは努めて明るく言って、エリィをぐいぐいと引っ張っていった。

ふくれっ面のマリアベルだったが、行きつけのドールショップに行ったことでだいぶ機嫌が直り、エリィはホッと胸をなで下ろした。

「ごらんになって、エリィ。なんて精巧で美しいのでしょう……」

そういって、ほう、とため息をつくマリアベル。ドールを見ている時のマリアベルは、いつもの理知的な面や攻撃的な面が表に出てこない。年頃の少女の顔を見せる。エリィは、そんなマリアベルの表情も好きだった。

「こちらは新作ですってよ。からくり仕掛けで動くとか。以前、東方もののからくり人形でお茶を運んでくるのは見ましたけど、あまり見目が麗しくなかったですわ。でも、これはかなり好みですわね」

そう言いながら、店内を歩くマリアベルの後ろをついていく。ドールショップは落ち着いた雰囲気で、外とは空気までが違っているようだった。

「はぁ〜、これもいいですわね！　瞳の細工が細やか！　ローゼンベルク工房製のものにはかないませんけど、なかなか腕の良い職人を抱えていますわね」

ローゼンベルク工房とは、ドール好きの間では有名な工房である。その技術は精緻を極め、まるで生きているかのようなドールを作ると評判になっていた。

マリアベルがエリィを手招きする。エリィは彼女と並び、少し中腰になりドールの瞳を覗き込んだ。

「ほら、この虹彩を見てくださいな！　見る角度によって、少しずつ色が変わるんですの。素敵ですわね」

「……ええ、本当ね」

一瞬の間の後、同意するエリィ。しかし、その間をマリアベルは聞き逃さなかった。

「エリィ……やっぱり、まだ？」

　色を取り戻していないのか、と続けることはしなかった。ふたりの間では、絶対に他人に明かさない秘密だったから、むやみに口にするのもはばかられたからだ。

　マリアベルの言葉に、エリィはうつむき加減でうなずく。その曇った表情を見て、マリアベルは何か決心したかのように、彼女の手を取った。いつもの甘えるような、絡め取るような動きではなく、しっかりと。

「ベル？」

「……そろそろ、話してくださってもよろしいんじゃありませんこと？」

　何についてなのか、お互いに口にしなくても分かっていた。エリィがこうなってしまった原因。家族のことだ。

　エリィは一瞬視線をそらした。身内の恥をさらすようなものだ、と思い、すぐに違う、と自分の考えを否定した。

　——わたしは怖いんだ。あの時のことに向き合うのが。

　そして、いつまでも逃げられないことにも気づいていた。だとすれば、はじめて出来た親友に打ち明けるのは、ちょうどよいきっかけなのではないか？

　エリィの迷いを見透かすように、マリアベルは続けた。

「わたしたちは、親友ですわ」

その言葉に押され、エリィはうなずいた。

「どこか、静かに話せる場所、あるかしら?」


結局、人目があるお店よりかは、ということでマリアベルは自分の家にエリィを招いた。

マリアベルの自室は、ドールに囲まれている。ファンシーかと思いきや、専用の棚にずらりと並べられたドール達はある種の重厚な雰囲気すら漂わせていて、まるでドールショップのようだった。

その他の家具は、シャープな印象のものが多いが、実用一辺倒ではなく、シンプルで美しく機能的なもの、というのが集められていて、なるほどマリアベルらしい好みだとエリィは思った。

そのマリアベルは、テーブルをはさんでエリィと正対していた。手には、彼女自らが入れたコーヒーのカップ。エリィの手元には紅茶。さりげなく、彼女が好きな銘柄をチョイスしている。

「……やはり、ご両親のことでしたのね」

そう言って、カップをソーサーの上に置く。立てた音が、静かな部屋に響いた。

お茶を出した後は、マリアベルはほとんどしゃべることなく、エリィが淡々と話すのを聞いていた。それは、エリィの両親の話。政治家一族ということで少し特殊だったけど、平凡な幸せがあったこと。そして、その幸せはもう失われてしまったこと。

マリアベルがだいたい予想していたことだった。

「ごめんなさい、一方的に話してしまって」

そう言って彼女は、手元にあった紅茶をひと口飲んだ。すでに湯気は消え、冷め切ってしまっていた。

マリアベルが予想していたことと、ただひとつ違うのは、エリィが思っていた以上に冷静に語っていることだった。彼女の傷はもっと深く、心を抉っているのではないかと考えていたのだ。

それならば、こちらも明るく、あまり深刻な問題ではない、と伝えてあげることが大事だと彼女は考えた。

「お父様の元にはね、政財界にいる多くの方々から、お手紙が届きますのよ」

急な話の切り出しに、エリィは一瞬戸惑った。

「結婚しました、とか、子供が産まれました、とか、そんな他愛もないものばかり。まぁ、本当に重要なことは会って話さないといけませんから、手紙で来る内容なんてそんなものですけど」

「ええ」

エリィが少し困ったような表情で、相づちを打つ。真意を測りかねているのだ。

「でも気づいたんですの。離婚しました、と手紙で書いてくる人はいない」

え、とエリィの表情が固まる。

「でも、実際にはしているのでしょうね。数年前とは違う方と結婚した、と手紙を送ってくる方が、それこそ何人もいらっしゃいますから」

マリアベルは記憶力もあり、父の机の片隅で見た手紙の差出人も記憶してしまうのだった。彼女にとってはあまり使いたくない記憶領域なのだが、覚えてしまっているものは仕方がない。

「そのことをお父様に聞いても、困った顔をしただけでしたわ。つまりそれぐらい、ありふれていることですのよ。人と人の心が変わる、なんていうことは」

話しながら、これなら説明下手な自分でも伝えられると、ひとつのたとえ話を思いついた。

「愛とは変化するもの。貴金属のように永遠不変のものではないのですわ、きっと。だからこそ人は、ダイヤモンドのように変わらぬものに想いを託すのでしょうね」

マリアベル自身は、宝石は美しいと思うものの、それに想いを託す気持ちは正直分からなかった。だが、エリィならきっと分かるだろうとふんだ。

「ですけど、残念なことに、やはり心変わりをしてしまうものです。仕方ありませんわ、人というのは移ろうものですから」

人は移ろうもの。心とは曖昧模糊としたもの。錬金術を学び、導力を学ぶマリアベルからすれば、そんな人の気持ちはよく分からない。だからこそ、彼女ははっきりと答えの出る錬金術や導力を好んだ。

「だからエリィ、離婚というのはそれほど特別なことではないと――」

「いい加減にしてちょうだい！」

最初、その怒号がどこから飛んできたのか、マリアベルは分からなかった。しばらくしてようやく、目の前で親友が肩を振るわせているのに気づいた。

「エリィ……？」

「お父様とお母様は確かに愛し合っていた！　わたしには分かる！　何も知らないのに、勝手なこと言わないで！」

ようやく心を開いて親友と呼べる人間に話したのに。

辛く暗い過去と向き合おうと勇気を出して口にしたのに。

その結果が、大好きな両親を否定されるような言葉だったことに、エリィは思わず激昂してしまっていた。

　一方のマリアベルは、ただひたすら戸惑っていた。

　なぜエリィは怒っているんですの？　そもそもこの怒っているのは本当にエリィ？

　あのいつも優しく、柔らかい笑顔で微笑む彼女と、目の前の人が結びつかず、マリアベルは戸惑うばかりだった。それでもなんとか取り繕おうとし、声をかける。

「違うんですのエリィ。これは」

「もう聞きたくない！」

　そう言って首を振るエリィ。彼女の目に光るものを見つけてしまい、マリアベルは自分がどうやらとんでもないことをしてしまったと気づいた。

「あの、聞いてエリィ、わたしは」

　彼女を落ち着かせようとして、マリアベルは手をさしだした。その手を、エリィは反射的に払おうとして。

　ぱちん、とマリアベルの頬をはたいてしまった。

　ぶった方も、ぶたれた方も、何が起こったのか分からず唖然として、時が止まったかのようだった。

「……っ！」

先に動いたのはエリィの方だった。何も言わず、部屋を飛び出る。マリアベルはそれを追いかけることも出来ず、ただ呆然と、ぶたれた頬を手で押さえるだけだった。


その後、夕食も取らずにマリアベルは秘密の地下室で考え事をしていた。

すでに頬の痛みは引いていたが、彼女のショックは未だ消えず、何故エリィはあんなに怒ったのだろうと考えては、ぶたれた時のことを思い出し、また呆然としてしまう。そんなことを繰り返していた。

「いいかい？」

その声に気づき、ハッと振り替えると、ドアが開けられ、ディーターが立っていた。

「何回かノックしたのだけど、気づいてもらえなくてね」

そう言いながら、にこやかな笑顔で部屋に入ってくる。父のまぶしいほどの笑顔が、今は少しうっとおしく感じてしまっていた。

「本も広げずにぼーっとしているなんて、らしくないな」

机に向かっているマリアベルの横に立ち、ディーターは微笑みかける。マリアベルがどうしようかと思案していると、ディーターはスッとかがみ、同じ視線の高さからマリアベルの顔をのぞきこんだ。

「エリィ君のことかい?」

　驚いて息を呑む。その表情を見て、ディーターはやっぱり、とうなずいた。

「彼女にだいぶご執心だったたから、そうじゃないかと思っていた」

「あの、お父様……」

「うん?」

「お話、聞いてくださいますか?」

「もちろん。その前に、イスに腰掛けてもいいかな? 長い話になりそうだし」


　それからマリアベルは、今日あった出来事を話した。ようやく打ち明けてくれたエリィの両親の秘密を話すのは気が引けたし、ちくりと胸が痛んだが、父ならば、と話をした。が、マリアベルが気に病むまでもなく、ディーターはすでに知っているようだった。政財界では有名な話だったのだろう。

　ひと通り話を聞き終わり、ディーターはふう、とため息をついた。

「ベル。おまえは優秀だ。わたしが基本概念を理解するだけでも相当苦労した錬金術を、まるで息を吸うがごとく習得し、導力分野にまで手を広げた」

「ええ」

マリアベルは謙遜せずに答えた。そもそも、謙遜する意味がなかったからだ。お父様は、ただの事実を述べただけ、とマリアベルは思った。

「では、おまえの目から見て、わたしはどう映る?」

「お父様は、経営者としてはとても優秀ですわ。錬金術師としては凡人ですし、少しお人好しすぎるきらいがありますけれど」

娘のあけすけな物言いに、父は苦笑した。

「そう、それは正しい見方だ。だが、それを言われた側はどう思うかな?」

「仕方ありませんわ。目に現れた事象がすべて。錬金術ではそう教えてますもの」

そうだね、とディーターは相づちをうった。

「そこがおまえのすごいところであり、また弱点でもある」

「弱点?」

「人の気持ちを汲むことが、ちょっぴり……いや、結構苦手ということだ」

「そんなこと」

する必要が無い、と言いかけて黙ってしまう。今まではそうだった。人の気持ちをおもんぱかることなど必要ない。自分が上に立ち、人々を使えばいいだけなのだから。そう思っていた。だが、今困っているのは、その人の気持ちに関するところではないか。

「ベル。いまおまえの目の前に横たわっている問題は、シンプルだ」

シンプル。そうなのだろうか。自分にとっては、エリィの心というまるで分からないパズルを目の前にしている気分なのに。

「おまえは今日、大好きで大事なお友達を泣かせてしまった」

「――あ」

「目の前に現れた事象がすべて、だ。おまえが錬金術師なら、起きた事象から目を背けてはいけない」

そうだったのだ。難しく、いろいろ考えすぎていたが、シンプルなことだったのだ。

自分はエリィが大好きで、大切で。

でもそのかけがえのない人を、傷つけてしまった。

そのことにすら考えがいたらないほど、自分は混乱していたのだ。

「……そう、ですわね」

娘がゆっくりとうなずくのを見て、ディーターは頬を緩めた。

天才と呼んでも差し支えない才能の持ち主だが、この子に友達と、しかも親友と呼べる相手が出来るのだろうかと、内心密かに心配していたのだ。親友は、時に師よりも多くのことを教えてくれる存在であり、よき親友は、自分をより高みへと上らせてくれる。愛娘に、そんな存在が出来たことがとてもうれしかった。もちろん、それが現市長の孫娘というあたりの、政治的に『使える』意味合いも含めてだが。

「お父様、ありがとう」

「なんの。娘から友達の相談を受ける日が来るなんて、感無量だよ」

マリアベルの心からの言葉に、ディーターは少し茶目っ気を出して答えた。

「ではわたしは、どうやってエリィに謝意を伝えたらよいのか考えに考え抜きますわ。なので、出て行ってくださいまし」

え、とディーターが言っている間に、マリアベルは手元に紙とペンを引き寄せ、何かメモをはじめた。彼女なりの作戦を立てるつもりなのだろう。

そんな様子を見て、やはりうちの娘はちょっと違う、と苦笑するのだった。

同じ頃。

エリィもヘンリーと、応接室の一角で、今日のことについて話をしていた。

こちらもクロイス家と同じようなもので、まったく食事が手に付かないエリィを見て、ヘンリーが声をかけた、というものだった。

「……なるほど」

エリィからだいたいの事情を聞いたヘンリーはうなずいた。

テーブルの上には温かな紅茶がたっぷりと入ったポットが置かれていて、それをゆっくりとヘンリーが手元のカップに注ぐ。カップを口元に近づけ、香りを堪能し、口で味わう。ゆったりとした動作の中で、ヘンリーはどう話そうか、思案しているようだった。

エリィは、マリアベルに手を上げたことをまず怒られるのだろう、と予想していた。だが、ヘンリーが口にしたのは、そのことではなかった。

「おまえは、小さい頃からおとなしくて、どこか大人たちの空気を読むところがあった」

「えっ」

「それは、我が家が政治家一家だから、仕方のない面もある。だが、子供らしさに欠けている、と感じていたのも事実だ」

突然そんなことを言われ、エリィは戸惑う。今日はやたら戸惑う日だ、と思った。

「そんなおまえが、最近とても活動的になった。日曜学校にまた通いだし、友達と買い物に出かけるようになった。なにより……また、笑うようになった」

そんなに自分は笑っていなかったのだろうか。だが、マリアベルとつきあうようになってから、自然と笑顔がこぼれるようになったのは事実だ。

「マリアベルさんは、彼女はいい子だ。利発だし、活動的だ。いまのおまえには、ぴったりの友人だと思う」

「はい」

そうなのだ。マリアベルはいい子だ。それは、親友である自分が一番よく分かっている。

「なにより彼女は、自分の気持ちに嘘をつかない。好きなものは好きと言い、嫌なものは嫌だとはっきり言う。あそこまできっぱりとした物言いが出来る人は、そういない」

確かに、彼女が好き嫌いを口にしても、エリィは苦笑こそすれ、嫌悪感を感じることはなかった。それは、彼女が本心から言っていることだからだ。

「さらに言えば、それをしてもなお皆に好かれる、愛嬌があることも素晴らしいが……おっと、話がそれたな」

そう言ってヘンリーは、飲んでいた紅茶のカップをテーブルの上に置いた。

「ともかく、彼女の言動は、彼女が心から思っていることだ。……それが例え、お前にとって耳の痛い言葉であっても」

エリィは黙ってうなずいた。そうなのだ。マリアベルにとって、人の心とは移ろうもの。それは本心からの言葉なのだ。

聡明すぎる彼女は、パーティーの中で取り巻きに囲まれながら気づいていた。自分に取り入ろうとする子供達と、その後ろにいる親達の嘘に。人の心は嘘偽りと心変わりで出来ていると彼女は達観してしまっていたのだ。

「政治家をやっていると、つくづく思う。人は、聞きたい言葉しか聞かない。自分にとって都合のよいことを言う政治家を、人は『よい政治家』などと褒めそやすものだ」

そう、あの時エリィが聞きたかった言葉は、

『大変でしたわね』『かわいそうなエリィ』『元気を出してくださいな』

そんな言葉だった。だが、マリアベルから出てきた言葉は違った。両親のことを否定されて怒ったのは事実だが、後から考えれば、マリアベルが欲しい言葉をくれなかったのも、怒った原因のひとつなのかもしれない。

ただ同情されたがっていただけなんて。そう思って、エリィは少し自虐的な気持ちになり、そして自分の勝手さに自己嫌悪した。

うつむいてしまった孫娘に、ヘンリーは優しく声をかける。

「マリアベルさんの言動に、嘘はない」

ヘンリーは先ほど言った言葉を繰り返し、続けた。

「彼女が、おまえのことを心から想い、はげまそうとしたのも、また本当なのだ」

そうなのだ。エリィのことを常に心配しつづけ、話してほしいと頼んできたのもマリアベルだった。それは興味本位などでなく、本心からエリィを助けたいと願っていたからだ。

そんな風に考えていたら、胸の奥が熱く、ギュッとなった。こんな気持ちをどうすればいいのか、まだ子供のエリィは知らなかった。

「……おじいさま、わたし」

「大丈夫」

孫娘のそんな気持ちを表情だけで読み取ったのか、ヘンリーは微笑む。

「今ごろマリアベルさんも、おまえと同じように悩んでいるはずだ。それが、友達というものだよ」

「はい」

ヘンリーの笑顔にうなずき返して、エリィは紅茶を飲んだ。紅茶が身体を温めてくれるのを感じながら、エリィはどうやってマリアベルに謝ろうか、考えていた。

†

結局、エリィとマリアベルはお互いに会うこともなく、次の日曜学校の日が来てしまった。

エリィは謝ろうと思ったものの、やはり叩いてしまったことがどうにも気まずく、なかなか連絡が取れなかった。それに、おじいさまはああ言ってくれたが、マリアベルはもう自分のことを友達と思っていないかもしれない。それを確かめるのが怖く、今日までずるずると来てしまった。

エリィは玄関のドアに手をかけ、決意をする。

「……今日、話をしよう」

マリアベルが日曜学校に来ていたのなら、そこで。来ていなかったなら、押しかけてでも。なんにせよ、これ以上引き延ばしても、いいことはないと思ったのだ。

よし、と小さくうなずき、家を出る。門を出ようとしたところで、見慣れた金髪の後ろ髪が目に飛び込んで来た。

「ベル……」

その声に、通りをぼーっと眺めていたマリアベルがビクリと反応する。おずおずと振り返り、エリィの顔を不安そうに見つめた。

「エリィ……」

ここに来てくれたということは、仲直りするつもりがあるのだろうか？　それとも、絶交を言いに？　とにかく、話をしなければ——

「ごめんなさいっ！」

　往来であることを忘れてしまったかのようなマリアベルの大声が、あたりに響いた。一瞬、何が起きたのかわからず、ぽかんとしてしまう。

「本当にごめんなさいエリィ。わたし、とんでもないことをしてしまいましたわ」

　そう言って深々と頭を下げる。

　マリアベルが、エリィに謝意を伝えようと考えに考え抜いた作戦の結果がこれだった。

　手紙や、仲直りのプレゼントも考えたが、自分の気持ちを素直に伝えるためには、余計なことなどしてる場合ではなかった。シンプルに、気持ちを伝えることが大事なのだとマリアベルは結論づけた。

　図らずも、彼女の父がモットーとしている『大事な話は必ず会って、相手の目を見ながらするもの』を実践したのだ。

　頭を下げたマリアベルに、エリィが近づく。そしてそのまま、彼女の手を取った。

「違うの、ベル。悪いのはわたしの方なの」

「エリィ……」

「わたしはただ同情されたがってただけ。本当にわたしのことを心配してくれたあなたに、あんなひどいことを」

「違いますわ！　悪いのはわたしで、エリィは何も」

「ううん、悪いのはわたしなの。本当にごめんなさい」

　そう言ってエリィも頭を下げる。その下げた顔を覗き込むように、マリアベルが話しかけた。

「顔をあげてくださいエリィ。あなたにそんな顔をさせたくて、謝っているわけじゃありませんのに」

　そう言ってるマリアベルの顔も、相当に辛そうだ。

「……ベル、怒ってないの？」

「怒る？　どうしてわたしが怒らないといけないんですの？　それよりもエリィです」

「わたし？」

「わたしが言ったことは、ぶたれて当然ですもの。まだ怒ってるんじゃないかと思って、今日はいくら叩かれても仕方がない、という覚悟でまいりましたわ」

「そんな、わたしは」

　そこでふたりはお互いに顔を見合わせた。

「……もしかして」

「仲直り……ということで、よろしいのかしら？」

しばらく見つめ合っていたふたりだが、先にエリィがフッと笑った。

「あぁ、なんだ、そうだったのね」

仲直りしたかったのは、自分だけじゃないんだ。そう思って、こわばっていた心が、一気にほどけていく。

と、マリアベルが驚く。

「エリィ、あなた……」

「え」

そう言って、頬に手を当てる。そこに流れていたのは、

「涙……？」

自分でもなぜだか分からないまま、瞳をぬぐう。そして、ぬぐいながら気づいた。

わたしは、辛かったんだ。

両親がいなくなったのも、その気持ちを大事な友達に分かってもらえなかったのも。

そしてなにより、大事な友達を失ってしまったと思ったことが。

ああ、そうか、とストンと腑に落ち、そしてまた涙があふれてきた。

「エリィ、あの！」

慌てふためいたマリアベルの声だけが聞こえるが、涙で前が見えない。

「大丈夫、大丈夫なの」

そう言いながら、涙を手でぬぐい。ようやく目が開けられるようになった。

「ごめんなさい、本当に……」

そう言って顔を上げる。そこには、自分を心配そうに見つめているマリアベルがいた。

と、そこでエリィは違和感に気づく。彼女はいつものように、美しい金髪に、紅潮した頬と、極彩色の世界にいた。だが今日は、彼女だけではない。

エリィの家の門も、立ち並ぶ家々の屋根も、花壇に咲く花も、抜けるような青空も、すべてが色を取り戻していた。

言葉を止めてしまった自分を不安そうに見つめるマリアベルに向かって言う。

「戻ってる……」

「え？」

「色が、戻ってる」

最初、何を言っているのかわからなかったマリアベルだが、すぐにその意味を理解した。

「本当ですの!?」

「ええ。だってほら」

そう言って、花壇に咲く花を指差す。

「この花の色、今日のベルのお洋服と同じ。すごくかわいらしいピンク」

マリアベルは花壇に咲く花と自分の洋服を見比べた後、いきなりエリィに抱きついた。

「ちょ、ちょっとベル⁉」

「よかった〜〜！　ほんっとうに、よかったですわっ‼」

そう言って、ぎゅっとエリィを抱きしめる。少し痛い、と言おうとしてエリィは、親友の目に光るものを見つけて、その言葉を飲み込んだ。そして代わりに、自分も負けないぐらい、強く強く、抱きしめた。


「さ、まいりましょう、エリィ！」

そう言ってエリィの腕に自然と自分の腕を絡めるベル。エリィはいつものような少し困った表情をせず、それをすんなりと受け入れた。

「ええ、行きましょうか、ベル」

ふたりはいつものように、日曜学校への道のりを歩き出した。

「そういえば」

話しだしたマリアベルの横顔を覗き込むエリィ。

「ひとつ、訂正しなくてはいけないことがありますの」

「なに？」

「人の心は移ろう、と言いましたけど、移ろわないものもありますわよね」

「そんな」

自分のことをおもんぱかって、そんなことを言い出したのだろうか、とエリィは思ったが、次の瞬間、その考えが甘いことを思い知った。

「人の気持ちが永遠じゃないとしたら、わたしがエリィを想う気持ちすら、永遠でなくなってしまいますわ。そんなの、間違ってます！」

え、という声にならない声をあげたエリィの腕に、ぎゅっと自分の身体ごと密着させるマリアベル。

「わたしの愛は永遠でしてよ、エリィ～！」

そう言いながら、さりげなくエリィの手に自分の手を絡ませ、あまつさえ空いている方の手で腰まで抱いてきた。

「ちょ、ちょっとベル！」

マリアベルの満面の笑みを見てエリィは、自分で親友と選んだものの、本当にこの人で良かったのだろうか、と今さらながら不安になった。

ランディの章

ドレイクは部屋に入り、灯りをつける。

カジノハウスのオーナーの部屋、という言葉からは想像もつかない、質素な部屋がそこにはあった。古ぼけた大きめの机と椅子。年季の入ったソファーセット。部屋の主と同じく、派手さよりも質実剛健といった感じだ。

いつものように椅子に座り、身体を預ける。重さに耐えかねて悲鳴をあげるように椅子が鳴く。そのままドレイクは何とはなしに、部屋の片隅にあるケースに目をやった。

その部屋の調度品と同じように、使い込まれたトランク。あちこちに傷がつき、手荒に扱われたであろうことがわかる。

いい加減邪魔だな、とドレイクはつぶやくが、当然答えるものはない。

そのまま天井を見やり、ケースの持ち主の男のことを思い浮かべる。最初に会ったのはいつだっただろうか。正確な日付は覚えていないが、その時のやりとりのことは、今でも覚えている。

†

その日のカジノには、荒れた客がやってきていた。最近幅を利かせているルバーチェ商会の構成員のひとりだ。まさに商会の権威を笠に着るような下っ端ぶりで、ドレイクなどは内心であきれていた。

だが、ディーラーのエリンデに絡み出したところで、さすがに黙って見過ごすことは出来なくなった。

「てンめぇイカサマこいてんじゃねェのか、あァン!?」

ドン！　とポーカーテーブルを割らんばかりの勢いで叩くそのチンピラ。かなりの酒が入っていることもあり、相当気が大きくなっているようだ。カジノではこういう客がたまに来る。それをうまくあしらうのも、オーナーである自分の仕事なのだが、今回は少々気が重い。

ルバーチェ商会は現会長マルコーニの代になり、帝国と接近し、密輸などで莫大な利益を上げている。この街に住み、この手の商売をしている人間なら誰でも知っていることだ。そして彼らと対立するようなことになれば、とても面倒なことになるということもまた、当然の事実として知られていた。

うまくやらなくては角が立つ。といって、あの様子では多少痛い目を見せないと納得はしないだろう。さてどうするか……と思案していると、いよいよエリンデに手を上げそうになった。最早一刻の猶予もない、とドレイクが動こうと思ったその時、どこからともなくふらりとひとりの青年が現れ、チンピラの横に立った。

「まーまー兄さん、そんぐらいで」

「ンだてめェ……!?」

ドスを利かせようとしたチンピラは、自分の前に立った青年の身長に驚く。頭ひとつ以上は高いだろうか。

「ここはカジノだぜ？　アツくなるのはわかるけど、ほら、周りの客も驚いちまってるし」

そう言って青年はあたりを見渡す。その時にドレイクははっきりと顔を見た。見慣れない顔だ。仕事柄、店に来る客の顔を覚えることは業務の一環である。常連客に厚遇するために、また出入り禁止にした連中を排除するために。だが、青年は常連客でも出入り禁止の連中でもなかった。

流れ者か、観光客か。どちらにせよ、安っぽい正義感を振りかざして仲介でもしようとしているのだろう。余計なことを。ケガをさせるまえに止めないと……とドレイクが考えている間に、事態はより悪い方向へと進行していた。

「いきがってんじゃねェぞコラァ！」

フロアにひときわドスの利いた声が響く。どうやら、仲裁に入られたことがチンピラの神経を逆撫でしてしまったようだ。ここまで来るともう手がつけられない。ドレイクは荒事に至る覚悟を決めた。

だが、こちらが先に手出しをしてしまっては、後々やっかいである。ルバーチェの連中にいらぬ貸しを作ることなどない。あの青年に対してなんらか手出しをした時点で割り込もう、そう決めた。そうなればこちらは『客を守るために仕方なくやった』となるし、向こうには『カタギに手を出した』というレッテルが貼れる。

犠牲となる青年には悪いが、そもそも割り込んできたのは向こうなのだから、それぐらいは人生勉強だ、とドレイクはドライに考えた。

はたして、青年に向かってチンピラが胸ぐらを掴もうとしたその時。ドレイクを含めた周りにいた者達は、信じられないものを見た。

青年はまるでダンスでも踊るかのようにチンピラの手を取り、そのままひねってチンピラを投げ飛ばした――いや、床に転がしたという方が正しいだろう。とにかく、チンピラは床の上で大の字になっていた。

「おおっと、大丈夫かい？」

特に慌てた様子もない青年の言葉に、取り巻いて見ていた客達の間からクスクスと笑いが起きる。それほど、青年の動きは見事で、まるで大道芸を見ているかのようだった。だが、その笑いが、チンピラの怒る心の火に油を注いでしまった。

「てンめぇ……ッ！」

チンピラは無様に立ち上がると、腰ポケットからバタフライナイフを取りだした。乾いた金属音で、あたりが凍り付く。

「ナメくさったまねしやがって、アァ⁉」

先ほどまで笑っていた客も、この事態までは予想していなかったようで一様に息を呑んでいる。だが、青年ひとりだけが先ほどと変わらぬ様子でつぶやいた。

「あーあ、抜いちまいやんの」

このままでは確実に青年がケガをする。止めなくては。頭ではそう考えていたドレイクだが、不思議と慌ててはいなかった。彼の長年の勘が、皮膚感覚が、大丈夫だと告げていた。何故だかは分からないが、大丈夫だと。

「オラてめぇ！」

謎の雄叫びを上げて、チンピラがナイフで青年に斬りつけようとしたその時。彼の長身が深く沈み、そのまま前に出た。

「ガッ！」

勝負は一瞬でついていた。青年が放ったボディーブローは確実にチンピラのみぞおちをとらえ、そのままくの字になって意識を失う。毛足の長いカーペットの上に、音なくバタフライナイフが落ちた。

「っとぉ。やりすぎたか？」

何が起きたのかわからなかった人々は、青年のひと声で我に帰り、一様に緊張を解いた。ホッとした空気が広がる。騒ぎが収まったと分かると、人々は自分の遊戯を続けるべく、スロットやポーカー台に戻っていった。

だが、そんな中、ドレイクだけはひとり青年を油断なく見つめていた。

「オーナー」

エリンデの呼びかけに、わかってる、とだけ返してドレイクは青年の元へと歩いていく。

「やー、カジノの人？　悪いけど、このお兄さん介抱してやってくんない？」

ドレイクは黙ったまま、青年から気絶したチンピラを受け取り抱える。年老いた外見に見合わぬ力に、青年の目が丸くなる。

「すごいなオッサン。昔なにかやって――」

「あんた、どこのもんだ？」

「え？」

「マフィア……じゃないな。猟兵崩《イェーガー》れ、ってところか」

青年の表情から笑みが消えた。

「……どうして」

「マフィアは力を見せつける。見せつけることで相手を意のままにする。しかしあんたが使ったのは、自らの手の内をさらさず、一撃で相手の戦闘力を奪う技だ。そんな技が使えるのは、このあたりじゃ国境警備隊ぐらい。……だが、ここに遊びに来るような警備隊の連中はみな常連ばかりでね。それに……」

神妙な顔で聞き入る青年に、ドレイクは言葉を続けようとした。だが、思いとどまった。

「いや、いい。とにかく騒ぎを収めてくれたことは感謝するが、相手が悪かったな」

「相手？」

「流れ者じゃ分からないと思うが、こいつはマフィアの手下でな」

「そいつは」

と言って、青年は困り顔をした。面倒はごめんだ、と顔に書いてあるようだ。

「だから居なくなれ」

え、と惚け顔の青年に向かってドレイクは言った。

「あんたがここから消えてくれれば、丸く収まる」

青年は何かを言いかけたが、すぐに口をつぐんで、踵を返した。大きな背中を、丸めて歩き出す。

「おい」

　と、ドレイクが声をかける。

なんだよ、と青年が振り返ると、ドレイクは一枚のチップを投げてよこした。青年はあわててキャッチする。手にしたチップを見ると、１０００ミラ相当の高額チップだった。

「ほとぼりが冷めたらまた来い」

　その言葉を聞き、青年は笑った。それまでの張りついたような笑い顔ではなく、気持ちの良い笑顔だった。

「ランディだ」

　そう名乗った青年は、踵を返すとひらひらと手を振りながらカジノハウス《バルカ》の階段を降りていった。


　二週間後。

　ドレイクは、カジノの休憩スペースでグラスを磨いていた。このような雑事は他の店員に任せてもよいのだが、ディーラーには自分の仕事に専念してもらいたいと考えていた。なにより、気の滅入るような会計処理の合間にする単純作業が、ドレイクは嫌いでは無かった。

念入りにグラスを磨いていると、ひとりの青年がやってくるのを視界の端にとらえた。

「よう、あんたオーナーだったたんだってな」

ランディと名乗った青年は、顔を赤らめていた。アルコール香が、酒量を物語る。

「ご機嫌だな、ランディ」

「おっ？　名前覚えててくれたのかい？　うれしいねぇ～」

そう言うとイスに座り、手にしていた紙袋を、どん、とカウンターに置いた。それをジロリと見やるドレイク。

「俺からの礼……あいや、違うな。迷惑料ってところか」

どうやらランディは、この前の騒動のお詫びとして、何か持ってきたらしい。

こっちが助けてもらったのに、ヘンなところで律儀なやつだ。ドレイクは内心でそう思ったが、もちろん表情には出さない。そのまま紙袋を開けて、中身を取りだした。

それは、酒瓶だった。中身はウイスキーで、レミフェリア公国の有名なブランドのものだ。

「結構高かったんだぜ？　でも店のオヤジがなかなか気前良くて、パカパカ試飲させてくれてさ。その男気にこっちも応えなくちゃならねぇ！　ってんで……おい、どうしたんだ？」

ランディは、とても苦々しい顔をしているドレイクに気づき、言葉を止めた。ドレイクは、ひと言。

「掴まされたな」

えっ、と言うランディの言葉を無視し、ドレイクは背後の棚からウイスキーの瓶を取りだした。同じラベルのものであるが、よく見ると瓶の形は微妙に異なっている。

「あちゃー、同じのもう持ってたのか」

大げさなリアクションを取るランディの言葉を無視し、ドレイクはグラスを二つ並べ、ひとつにはランディが持ってきたウイスキーを、もうひとつには自分が棚から出してきたウイスキーを入れ、音もなくランディの前に差しだした。

ランディはきょとんとした表情で、それらふたつのグラスを見やる。

「飲んでみろ。まずはおまえが買ってきたものから」

「俺、ロックの方が好きなんだけど……」

「冷たくすると味が分からなくなる」

不機嫌そうに言って、黙るドレイク。仕方なくランディは、自分が持ってきたウイスキーの入ってるグラスに口を付けた。

「んん、これこれ！　はー、やっぱうめぇな！」

ドレイクはそれには答えず、トントンとカウンターを指で叩いた。自分が棚から出したものを飲め、とジェスチャーをしている。

「そんなに急かされなくっても、飲みますって……」

そう言いながらランディはもうひとつのグラスを手に取り、口にした。その瞬間、思わず目を見開く。

「……なんだ、これ。全然別モンじゃねぇか！」

「ほう、それぐらいの違いは分かるのか」

「分かるもなにも！　なんだよこれ、あんたの出してくれたものの方がぜんっぜん美味い！　深みが違うっつーか、俺が買ってきたのが、まるでションベンみてぇって言うか……」

ドレイクは咳払いをして、ランディの下品な言葉を遮る。

「他のお客様もいらっしゃることを忘れるな」

ランディは、悪ぃ、と片手を上げて謝った。

「にしても、同じものとは思えないな……」

「同じじゃない」

「えっ？　だって、同じブランドだし、ラベルも同じだし……」

ドレイクは、ランディの持ってきた瓶と、自分の手持ちの瓶をカウンターに二つ並べてみせた。

「この銘柄の最上位ブランドは、ブルータイって俗称がついてる。ラベルに、青色のタイみたいな意匠が入っているだろう。レミフェリア公国のとある貴族がお墨付きとして与えたもんだ」

「それは店のオヤジから聞いたぜ。『ブルータイは最高のウイスキーの証だ！』って」

「ここの蒸留所は、その貴族によって保護を受けていると同時に、出荷量を厳しく制限されている。最高のウイスキーしか世に出してはならぬ！ってな。その量は、年間５００本。……いっとくが、クロスベルでもめったに出まわらない貴重な酒だ。ちなみに、ここの蒸留所からちょいと離れたところに、別の蒸留所があってな。このブルータイに似た味で、瓶の形も結構似てる。値段は、十分の一以下だが、飲んべえ共には違いが分からない」

そこまで聞き、ランディも事の次第がわかったらしい。表情がみるみるうちに微妙になっていく。

「じゃあ何か？　俺は……」

「しかしまぁ、キレイにラベルを貼り替えるもんだな」

ドレイクのその言葉で、ランディはカウンターに頭を打ちつけた。

「ハメられた～！」

そう言って、やおら席を立ち、自分が買ってきた方の酒瓶を掴む。店に抗議に行くつもりなのだろう。

「やめとけ。納得ずくで買ったんだろうと丸め込まれるのがオチだ」

だがランディは歩き出した。それならば最終手段とばかりに警察に駆け込むつもりらしい。

「いっとくが、警察に行っても動いちゃくれないぞ。そういうことになってる。この街じゃな」

ドレイクのその言葉で、ランディは思わず立ち止まる。

「それに、イカサマってのは騙される方も悪い」

「けどよぉ！」

ドレイクは自分の手持ちの方のウイスキーが入ったグラスの中身をあおった。そしてグラスを静かに置く。

「こんな商売してると、そういう考えが身についちまう。……が、世の中渡ってくなら、案外役に立つもんだ」

ドレイクの言葉に、頭に血が上りかけていたランディも我に返る。再びイスに座り、ドレイクに向き合った。

「とりあえず、酒の飲み方ぐらい覚えろ。ここなら、本物の酒を静かに飲める。もちろん、お代はいただくがな」

そう言いながら、ドレイクは慣れた手つきで氷水の入ったグラスを差し出す。

「……営業活動にご熱心なことで」

ランディはそう言って、氷水に口をつけた。

「あぁ、ちなみにさっき飲んだ本物のブルータイだがな、あれは一杯３０００ミラだ。ツケにしといてやる」

気管に水が入ってむせるランディの咳き込む音を聞きながら、ドレイクはグラス磨きを再開した。

†

それから数週間後。

夜も深い時間、そろそろカジノで粘る客も少なくなり、店じまいかという頃。

ドレイクはいつものように店の中を見回っていた。

「あ、ランディさんだ～」

鼻にかかったような甘い声は、コイン交換カウンターのチェリーのものだ。その声に、ようう、と応える声。

やれやれ、と思いながら声のした方に向かう。

「狸オヤジ自ら出迎えとは」

「悪いがランディ、そろそろ店じまいの時間だ。飲ませる酒はないぞ」

「まぁまぁ、そう言うなよ」

話しながら、ドレイクは奇妙な違和感を覚えていた。いつもの調子で減らず口を叩いているランディだが、雰囲気が違う。

この数週間、ランディは毎日のように《バルカ》にやってきては酒を飲み、ドレイクと話をしていた。

ほとんどは酒についての話。ドレイクは先日手痛い授業料を払ったランディに、自身の持つ酒に関する多くの知識と、ほんの少しの酒飲みの哲学を教えていた。ランディは毒づきながらも、ドレイクからのレクチャーを楽しんでいた。というより、単におしゃべりをすることを楽しんでいた――そのようにドレイクはとらえていた。

会話の最中、たまにランディの素性に関わりそうなことに話題がおよぶことがあった。例えば、生まれ故郷で作られた酒は美味しく感じやすい、という雑談から、生まれ故郷を尋ねたりとかだ。だがそういう時はランディは決まって、少し困ったような笑顔を一瞬見せてから、いつも以上におどけて、質問をはぐらかした。

『俺は生まれた時から世界じゅうを旅してきたから、どんな酒もこよなく愛せるのさ』

そんな口を叩く時のランディを見て、ドレイクはただあきれるだけで、この青年が隠したがっている過去について積極的に触れようとはしなかった。

そんなことをされるのはまっぴらだ——もし自分が同じ立場に置かれたのならそう言い返すからだ。

だからドレイクとランディの関係は、ただのカジノのオーナーとそこに足繁く通う、ちょっと変わった常連客、というものでしかなかった。

だが、今日はいつものランディとは少し違う。会話を楽しもうという雰囲気ではなく、もっとシリアスな話をするつもりらしい。そして、それがどうやら、ランディが左手に持っている傷だらけのトランクにまつわるらしいことを察した。

ドレイクの視線がトランクに注がれているのを意識しながら、ランディは少し声のトーンを落として言った。

「……ちょっと、話があってな」

ドレイクは軽く鼻をならし、休憩スペースへと向かって歩き出した。ランディも黙って、それについてくる。

ドレイクはカウンターに入り、いつもの流れるような手つきでグラスに氷を入れる。ランディが一番気に入ったジンを注ぎ、炭酸水を注いでステアする。

定位置である席に座ったランディはジントニックを受け取り、口を湿らせる程度飲み、グラスを置いた。

少しの間、ふたりの間に沈黙が流れる。遠くでスロットマシンが動いている音だけが響いていた。

やがて、意を決したように、ランディが言った。

「今日はひとつ、頼みがあるんだ」

ドレイクは答えず、軽く眉毛を上げる。続きを言え、ということだ。この数週間ですっかり相手の言わんとしていることが分かっているランディは、そのまま続けた。

「クロスベルの国境警備隊に入ることにしてさ。ほら、さすがに食い扶持がないとしんどいっつーか、働かざる者食うべからずっつーか」

「それで?」

少し声のトーンがあがったランディ、それを押さえつけるかのようなドレイクの声。

ランディは、床に置いたトランクに目をやりながら、言った。

「――何も言わずに、こいつを預かってほしいんだ」

ドレイクは直感した。

これは、厄介な代物だ。血と硝煙の匂いがする、という分かりやすい類のものではない。だが、これは目の前にいる、どこか底を明かさない青年の過去に、秘密に繋がっている。そしてその青年の背後には、猟兵団の影がちらついている。

これを預かることで、様々な災厄を呼び寄せる可能性がある。

なるほど、これを持って国境警備隊には入れない。あそこは寮生活が基本であり、隊員のプライバシーは最低限しか保証されない。こんな大荷物を持っていたら、それだけで怪しまれてしまう。ましてや、その中身を明かせない、ヤバいものが入っているならなおさらだ。

いいや、そうじゃない。ドレイクは気づいた。

おそらくランディがここに持ち込んだのは、そういう理由もあるが、もっと根本的な問題だろう。

この荷物は、ランディの触れられたくない過去に直結しているに違いない。それを見ず知らずの他人に預けることは、奴の心の最もなぞられたくない部分を晒すことになる。そんなことが出来るほど、目の前にいる青年は図太くも、老いてもいなかった。

おそらくその傷は、生々しすぎるのだ。そしてランディの心は、柔らかすぎた。

ランディはじっとドレイクを見つめていた。次の言葉を待っているのだろう。

ドレイクはひとつため息をつくと、ケースに目をやりながら言った。

「期間は？」

「……いいのか？」

「自分で持ち込んでおいて、なにを言っている。で、いつまでだ？」

「少なくとも、俺がクロスベルにいる間は」

長いのか短いのかまるで分からないな、とドレイクは思った。とはいえ、それで断るつもりはもとよりない。ただ、部屋に置くか、それとも納屋にでもつっこんでおくか、期間によって決めようとしていただけだった。

なんにせよ、話はまとまった。ドレイクはカウンターから出て、ランディの置いたケースを持ち上げようと、持ち手に手をかけようとした。

「それと」

「まだなんかあるのか？」

「……俺が死んだら」

神妙な顔つきでランディは続ける。

「中を開けて、ジャンク屋あたりにバラして売っぱらってくれ」

今度はドレイクがランディをじっと見つめる。ランディは、ただ無言で見つめかえした。

「面倒な預かり物を頼んだ上に、万が一の処分までとは」

「あんたにしか頼めないんだ」

普段のおどけた表情からは想像も出来ない、まっすぐで、少し危なっかしさを感じるまなざし。それを受け止めて、ドレイクは言った。

「報酬は」

ランディは、胸元から何かを取りだし、ピンとはじいた。弧を描きながら飛ぶそれを、ドレイクは右手でキャッチする。手のひらを開くと、そこには以前に渡した１０００ミラのチップがあった。

そういえば、あの時の借りをまだ返してなかったな。

ドレイクは思い出し、ニヤリと笑う。そこでようやく、ランディの顔にもいつもの笑顔が戻った。

ドレイクは、今受け取ったチップをそのままランディへとはじき返した。

「ロハで引き受けてくれるとは、優しいねぇ」

「そいつが引換証だ。無くしたら相手がおまえでも渡さないからな」

了解、と言ってまた胸元へとチップをしまう。それを見届けて、ドレイクは今度こそケースの持ち手に手をかけ、持ち上げようとして。

まったく持ち上げられなかった。

「あぁ、言ってなかったけど、それすっげー重いから。持ち運ぶ時に腰痛めんなよ?」

そう言ってニヤニヤ笑うランディの顔を見ながら、ドレイクは怒鳴った。

「だったら自分で運べ‼」

†

奴と初めて会った時のことを思い出すなんてな、と思いながら、ドレイクはいつものように、カジノハウス《バルカ》にあるバーのカウンターでグラスを磨いていた。

これだけは、どれだけ長くいる店員がいたとしても、譲らない仕事だ。例えそれが、カジノの売上を調べた後、夜中になったとしても、彼はひとりでグラスを磨いていた。日課であり、今さら誰か他の人間にグラスを触らせるのも、なんだかシャクだから、というぐらいの理由である。

時間はすでに夜中の三時を回り、カジノ内も人影はまばらだ。そこに、その男は突然現れた。

「よっ」

予知夢かよ、とドレイクは自分にあきれる。

「なんでぇ、まだくたばってなかったのか」

「おかげさまで。っつーか、それが客に対する態度かぁ？」

「お客様？　フロアの方にはいるが、このあたりにゃあ客なんぞひとりもいないだろうが」

「オヤジ……働き過ぎてついにボケちまったか」

わざとらしい泣き真似をするランディを無視して、ドレイクは磨いていたグラスをスッとランディの前に置く。なにを飲むか？　という無言の合図だ。

「今日はとびきり上等な奴をくれよ」

「そんな酒をドブに捨てるような真似は出来ねぇ」

「酒だって俺みたいな人間に飲まれれば本望だろうさ」

「言ってろ」

ドレイクは悪態をつきながら、ランディに背を向け、酒瓶の並んだ棚を見る。

何かある。

そうドレイクは睨んだ。しらふで、そのくせ口数が多い。普段のランディを知る人間からすれば、なんてことのない変化だろうが、ドレイクはその変化に何かひっかかりを覚えた。

その感覚が何か確かめるために、ひとつの酒瓶に手を伸ばす。ごく自然な位置取りでラベルが見えないようにし、ランディの目の前に置かれたグラスに琥珀色の液体を注ぐ。

ランディはグラスを持ち、軽く香りを楽しんだ後、ひと口つける。と、そこで目を見開いた。

「こいつは……」

驚くランディの表情を見やり、ドレイクが言った。

「分かったか」

「分かったもなにも、忘れるわけがねぇよ。あんたにはじめて飲ませてもらったやつだ。パチモンじゃねぇ、本物のブルータイ」

ドレイクは目を細める。

「舌だけは一丁前になったらしいな」

ランディはその悪態には答えず、ふた口、三口と飲み、琥珀色の液体を愉しんだ。

空になったグラスを愛おしそうに見つめ、つぶやく。まるでそれが、最後の晩餐に出てくる酒であるかのように。

「……美味い」

その様子を見て、ドレイクは自分の中で確信を深めた。

「こんな上物を飲ませてもらったんだ。お代は弾まないとな」

そう言ってランディは、懐に手を入れ、一枚のチップを取り出す。

そのチップを見ても、ドレイクは顔色を変えなかった。以前自分が引換証として渡した、1000ミラのチップ。

「こっちだ」

首を振って促す。ランディはグラスを静かにカウンターに置き、ドレイクの後に続いた。

ドレイクはオーナー部屋にランディを通した。そして、執務をする机の横に置かれ、ホコリをかぶっている大きく古ぼけたトランクに目をやる。

これは災厄を運んでくるモノ。これを預かった時は、確かにそう感じていた。

そして、断片的に漏れてくる情報、遠くの街からの流れ者のぼやき、マフィア達との避けようのないぶつかり合いの中で、ドレイクはランディの正体にひとつの確信を得た。

「うわ、きったね」

そう言って取っ手のホコリを払う。この一見陽気に見える青年の抱える過去、その闇は暗く、重い。

そして残念ながら、その闇を打ち払うだけの力も気概も、自分にはすでに失われたものだった。

残念ながら、だって？

ドレイクは自分の心に問いかける。どうやら自分は、この青年のことを、そんなにうっとおしくは思っていなかったらしい。

多くの客を相手にし、それゆえ誰とも深く関わることを辞めた、自分がだ。

いま思えばそれは当たり前のことなのかもしれない。誰とも深く関わることを辞め、ひとりで生きてきた。つまり、自分とランディは似ている。残念ながら。

「本当に残念だよ」

思わずつぶやく。その声に、ランディがハッとなる。その表情に、一瞬痛みに似たものが走る。

そういう意味じゃない、と否定しようとして、ドレイクはやめた。代わりに、手のひらを差し出す。

ランディは神妙な顔をして、ドレイクの手のひらの上に、かつて手渡された高額チップを置いた。

「確かに」

握り込み、腰のポケットへとしまう。それで、手続きは終了した。

ランディは、トランクをさも軽そうに持ち上げる。それじゃ、と軽く言い放ち、ドアに向かおうとしたが、振り返った。

「そのよ、ないと思うが、もし……」

ランディの視線が泳ぐ。対照的に、ドレイクはじっとランディを見つめていた。

「もし、支援課の連中が来ても……黙っててくれないか？」

伏し目がちに話すランディ。なので、彼の感情はあまり伺いしれない。ドレイクはその様子を見つめ、沈黙で返答をした。

「……それじゃ」

ランディはドアから出て行こうとする。ドレイクはかけるべき言葉を探したが、見つけることはできなかった。

ドアを閉める間際、立ち去る男の横顔は、ドレイクの知らない、ひとりの猟兵《イェーガー》のものだった。

†

その翌日。

ドレイクがいつものようにカジノで仕事をしていると、客人が尋ねてきた。

「これは皆さん」

ロイド達をはじめとする、特務支援課の面々だ。だが、そこにいつもいるはずの男がいない。

一瞬、別れ際に見せた、伏し目がちの顔を思い出す。そしてその時頼まれたことも。

だが、ドレイクはひと呼吸でそのことを飲み込み、続けた。

「……もしや、ランディの件でいらっしゃったんですか？」

「やはり彼はこちらに？」

ロイド達の顔に、やはり、という確信が広がる。

ランディの切実な願い。それを一瞬の逡巡だけで反故にしてしまったのは、簡単な理由だった。

ロイド達の表情は真剣さと共に沈痛さも含んでいた。それは、戦力がひとり減ったから、というものではない。大事な仲間、かけがえのないものを失おうとしている、その切羽詰まった意識からだった。

悪いな。だが俺は言わないとは約束しなかったぞ、と形だけ心の中で謝り、ドレイクは話を続ける。

「ええ、夜中の3時くらいに店にフラリと現れまして……。しばらくここで飲んでから帰って行きましたが」

支援課の面々は、顔を見合わせながら、まっさきにここに来たみたいだ、などと話をしている。

やはり支援課には戻らなかったか、などとドレイクが考えていると、ひとりの青年、確かワジと名乗る男が、尋ねてきた。

「それで、その後どこかに行くとか言ってなかったかい？」

「いえ、どこに行くとは特に言っていませんでした。ただ、どうも飲んでいる最中、いつも以上に減らず口が多くて……」

ここから先を言うべきか。今までのドレイクなら決して口を割らなかっただろう。だが、いまは彼らに、ロイド達に賭けたい気分だった。

「おまけに帰り際、ある物を私から引き取って行ったんです」

「ある物……ですか？」

「ええ。随分重いトランクで中身は私も存じません。一年前、ランディがこの街に来たばかりの時に預かったんです」

そこまで一気に言って、ドレイクはひと呼吸置いて、ゆっくりと告げた。その言葉の意味を、正しく受け取ってもらうために。

「『俺が死んだら、ジャンク屋あたりにバラして売り払ってくれ』と言って」

ロイド達の顔に、明らかな動揺が広がる。当たり前だ。自分が死んだら処分して欲しい、と言っていたものを引き取るということは、死を覚悟した、ということだからだ。

「そんな……」

「ランディ先輩……」

「……らしく無さすぎです」

女性陣から悲痛な声が上がるのを聞いて、不謹慎ながらドレイクは妙におかしくなった。なんだ、おまえ、ちゃんとモテてたんじゃないか。しかも、タイプは違えど、どの子もお前のことを本気で心配している。まぁ、色恋じゃあないところが残念だが。

対象的に、リーダーであるところのロイドは、黙って何かを考えている。この事態になっても、驚きはすれど取り乱しはしない。なるほど、あのランディがリーダーと見込んでついていくだけのところはあるな、とドレイクは考えていた。

彼は、カジノのオーナーではなく、ひとりの友人として、ランディについて話をすることにした。

「……ヤツの経歴については、私もある程度は存じています。ですが、過去にどんな事があったのかまでは知りません」

知り得ることもできたが、それは避けてきた。それを引き受けるのは、自分ではないと思い込んで。だから結局、若い人間に託すことしかできない。

「それを知ってヤツの力になれるのは、恐らく、皆さんだけでしょう」

そう言って目を閉じる。そこにあるのは、わずかばかりの悔恨と、自分のツケを払ってくれる若者への敬意。

いや、そもそも彼らは、ツケだとは思わないだろう。自分達が助けたいから助けるのだ。その無鉄砲さ、ほとばしる情熱こそが、彼らを突き動かす。そしてその熱は、きっと閉ざされてしまった奴の心をこじ開けるだろう。

「……はい。そうありたいと思います」

ロイドの力強い言葉を聞いて、ドレイクは自然と頭を下げた。

「よろしくお願いします」

†

それから、しばらくの後。

クロスベルが独立国を宣言したり、それが無効になったり、テロリストに襲撃されたり、そのせいでカジノどころか街自体が大変なことになったりと、いろいろなことがあった。

だが、いちカジノオーナーであるドレイクは、ただ粛々と、精一杯、日々を生きていた。

風の噂で、一連の大がかりな事件の解決に、特務支援課の面々が大きく関わっているらしいことを聞いたが、それを本人達に確かめる術もなく、日々は過ぎていった。

そして、いつものように、ドレイクが夜にカウンターでグラスを磨いていると。

「よっ」

その男は、ひょっこりと顔を出して、ドレイクの目の前のカウンター席に陣取った。

「ご活躍だったそうじゃねぇか」

ねぎらい2：皮肉8の割合で声をかける。と、ランディは漬けすぎたピクルスを食べた時のように、眉根を寄せた。

「心にも思ってないこと言うんじゃねぇよ、狸オヤジ」

ククッと笑うドレイク。

「すっかり顔を出さないんで、せいせいしてたんだがな」

そう言いながらも、ドレイクはランディの前にグラスを置いた。そして、どの酒を注ごうかと背中を向ける。

「おっと、今日は俺のおごりだ。グラス、もうひとつ出してくれ」

は？　と声を出しながら振り返ると、そこにはひとつ酒瓶が置かれていた。

「……そいつは」

「今度こそ正真正銘の本物、ブルータイだぜ」

ランディの置いたその酒瓶を手に取り、ラベルを見る。

「おまえ、これ」

値段もだが、市場に出まわる数の少なさを考えれば、いつでも買えるものではない。おそらく、これを手に入れるのを待つために、ここに顔を出さなかったのだろう。

「今日は特別に！　お裾分けしてやるぜ」

「……いらねぇ」

「ちょ!?　せっかく持ってきたのに!?」

「おまえに借りを作るぐらいなら、指をくわえて見ている方がマシだ」

他愛もない軽口の叩き合い。だが、以前ここに来た時と違い、ふたりの間に妙な緊張感はない。

「かーっ！　人の好意を素直に受け取れないって、これだから狸は！」

そう言いながら、ランディはドレイクの持つ酒瓶を奪おうとする。が、ドレイクはひょいと身をかわして避けた。

「いらねぇ。が、おまえがまた偽物を掴まされたんじゃないかと心配なんで、味見してやる」

そう言いながら、手早く栓を開け、グラスに注ぐ。ひとつは自分の手元に置いたグラスに。ひとつはランディの目の前に置かれたグラスに。

グラスに琥珀色の液体が注がれるのを仏頂面で眺めるランディ。

「オヤジのツンデレなんてうれしくねっつーの」

そしてグラスを手に取った。同じくグラスを手にしたドレイクに、ランディが言う。

「……世話、かけたな」

「何のことだ？」

ドレイクの物言いに思わず苦笑しながら。

「乾杯」

「乾杯」

そうしてふたりはグラスをあおった。

琥珀色の液体が、喉を通り、芳醇な香りを鼻孔に運ぶ。

ＢＧＭは薄く流れるジャズと、遠くで鳴るカジノのスロットの派手な音。

ふたりの間には、心地良い沈黙が流れる。

その沈黙をやぶり、先に口を開いたのは、ランディだった。

「……なぁ、これ」

「言うな。……言わなきゃ、偽物だってバレねぇ」

「言ってるじゃねーか！」

また騙されたー！　と席で騒ぐランディを見て、カジノに興じていた何人かの客が何事かとこちらを見る。

その様子を見ながら、ドレイクは思うのだった。

まだまだこいつには、酒のことを教えてやる必要があるな、と。

あとがき

ファルコムマガジンの読者の皆様、ご無沙汰しております。『碧の軌跡　ショートストーリーズ』著者の田沢です。はじめましての方は、どうぞお見知りおきを。

そして単行本化を望まれていた方々へ。大変お待たせいたしました。

すでに新シリーズ『閃の軌跡』の二本目が発売されている現在、過去作である『碧の軌跡』小説の単行本化はないだろうと思っていたので、私自身がとても驚いております。

今回単行本化されるということで読み返してみて改めて思ったのですが、特務支援課の面々はやっぱり魅力的だな、と。

若く危なっかしいところもありますが、全力で《壁》に立ち向かい、それを乗り越えて行く彼らは、書き手にとっても眩しいものです。

でも、彼らはただ強いだけのヒーローではありません。迷い戸惑いながらも前に進む『人間らしさ』があるからこそ、私の、そしてみなさんの心を惹きつけるのだと思います。

前作『零の軌跡』の小説のお話をいただいた時に、そんな彼らの『人間らしさ』を、ゲームとは違う時間軸・違う視点で描いていこうと決めました。

それは今作にも引き継がれています。若さ、熱意、怒り、誤解、気づき——一見するとネガティブな要素もありますが、それを飲み込み、乗り越えて行く彼らだからこそ、より大きな《壁》を越えられた。

そんな説得力を持たせられるように、彼らに陰影をつけられるように、筆を走らせました。

最後になりましたが、謝辞を。

原作元であり、原稿に何度も監修・赤入れをしてくださった日本ファルコムのスタッフのみなさんへ。ありがとうございました。みなさんがすばらしい作品を作ってくださったからこそ、この本も世に生まれることが出来ました。

編集を担当してくださったフィールドワイのスタッフのみなさんにも感謝を。粘り強く単行本化に向けて動いてくださったこと、嬉しく思います。

そしてこの本を手に取ってくださったあなたへ。ありがとうございます。楽しんでいただければ幸いです。

二〇一五年三月吉日

田沢 拝

『英雄伝説 空の軌跡』ノベライズシリーズ

FB ファルコムBOOKS 好評発売中!!

著：はせがわみやび　イラスト：ワダアルコ

10 年の時を超え、不朽の名作『英雄伝説 空の軌跡』の本編ストーリーが初のノベライズ化！　リベール王国で遊撃士を目指す主人公エステル・ブライトの視点から、『空の軌跡』の世界を切り取った話題作。手がけるのは、はせがわみやび（著）＆ワダアルコ（イラスト）の実力派コンビ！

英雄伝説 空の軌跡

1 消えた飛行客船

判型：B6 正寸
総ページ数：296P
定価：1,200 円（税別）
ISBN:978-4-89610-815-6

英雄伝説 空の軌跡

2 黒のオーブメント

判型：B6 正寸
総ページ数：264P
定価：1,200 円（税別）
ISBN:978-4-89610-841-5

発行：フィールドワイ
発売：メディアパル
フィールドワイのHPはこちら→ www.field-y.co.jp

今度の『空の軌跡』小説は
ナイアル&ドロシーが主役！

英雄伝説 空の軌跡 リベール王国スナップショット

シリーズ累計200万本を突破した、日本ファルコムの大人気RPG『軌跡』シリーズ。その中でも特に人気の高い『空の軌跡』シリーズから外伝小説が登場！　リベール通信社のナイアル&ドロシーの記者コンビが、リベール国内の取材旅行中に出遭った人たちとの触れ合いを描いていく、心温まるハートフルストーリー4篇を収録。

好評発売中!!

1,200円+税

判型：B6正寸　並製ページ数:296

ISBN：978-4-89610-846-0
発行元:フィールドワイ　発売元:メディアパル

英雄伝説 碧の軌跡
ショートストーリーズ

2015年4月21日　初版発行

原作　日本ファルコム株式会社（『英雄伝説　碧の軌跡』）

著者　田沢大典

発行人　田中一寿

発行　株式会社フィールドワイ
〒101-0062
東京都千代田区神田駿河台3-1-9　日光ビル3F
03-5282-2211（代表）

発売　株式会社メディアパル
〒162-0813　東京都新宿区東五軒町6-21
03-5261-1171（代表）

装丁　さとうだいち

協力　株式会社Ga-Show

印刷・製本　シナノ印刷株式会社

Printed in JAPAN
ISBN978-4-89610-849-1 C0093

ファンレター、本書に対するご意見、ご感想をお待ちしております。

あて先
〒101-0062　東京都千代田区神田駿河台3-1-9　日光ビル3F
株式会社フィールドワイ　ファルコムマガジン編集部
田沢大典　宛
がおう　宛

初出

第1話『ロイドの章』	月刊ファルコムマガジンvol.8	2011年9月
	月刊ファルコムマガジンvol.9	2011年10月
第2話『ティオの章』	月刊ファルコムマガジンvol.11	2012年1月
	月刊ファルコムマガジンvol.13	2012年3月
第3話『エリィの章』	月刊ファルコムマガジンvol.17	2012年6月
	月刊ファルコムマガジンvol.21	2012年10月
第4話『ランディの章』	月刊ファルコムマガジンvol.29	2013年6月
	月刊ファルコムマガジンvol.36	2014年1月